황룡난신

FANTASTIC ORIENTAL HEROES
일황 新무협 판타지 소설

황룡난신 3
일황 新무협 판타지 소설

초판 1쇄 찍은 날 § 2012년 2월 10일
초판 1쇄 펴낸 날 § 2012년 2월 17일

지은이 § 일 황
펴낸이 § 서경석

편집부장 § 권태완
편집책임 § 박우진

펴낸곳 § 도서출판 청어람
등록번호 § 제1081-1-89호
등록일자 § 1999. 5. 31
어람번호 § 제2-2204호

주소 § 경기도 부천시 원미구 심곡2동 163-2 서경B/D 3F (우) 420—822
전화 § 032-656-4452 팩스 § 032-656-4453
http://www.chungeoram.com
E-mail § chungeoram@chungeoram.com

ⓒ 일황, 2012

ISBN 978-89-251-2773-6 04810
ISBN 978-89-251-2740-8 (세트)

※ 파본은 구입하신 서점에서 교환하여 드립니다.
※ 저자와 협의하여 인지를 붙이지 않습니다.
※ 이 책은 도서출판 청어람과 저작자의 계약에 의해 출판된 것이므로,
　무단 전재 및 유포·공유를 금합니다.

황룡난신 蒼龍神

3

일황 新무협 판타지 소설
FANTASTIC ORIENTAL HEROES

目次

제1장	이 할망구야, 같이 늙어가는 처지에 왜 이래	7
제2장	네가 뭘 알겠냐, 거기는 괴물이 있단 말이지	43
제3장	이백 년 전 적성과의 싸움에서 사라진 북해빙궁의 마지막 후인이다	73
제4장	섬서로 가봐야 하는 건가	95
제5장	역시 나는 천재야	115
제6장	누구긴 누구야, 위대하신 나님이지	149
제7장	연습은 실전같이, 실전은 연습같이, 몰라?	171
제8장	호룡이 나왔으니 넌 이제 죽었다, 이 새끼야	203
제9장	내 눈에는 이거 태청신단이 아니라 태청신떡으로 보인다?	237
제10장	장사 접어	259
제11장	빌어먹을 안녕 같은 지랄이라니	283

第一章

이 할망구야, 같이 늙어 가는 처지에 왜 이래

황룡난신

자운이 눈을 빤히 뜨고 앞의 여자를 바라보았다. 여인 역시 자운의 눈을 피하지 않고 마주 보았다. 얼굴을 붉힐 법도 하건만 둘은 얼굴을 서로를 마주 보기만 했다.

자운이 천천히 입술을 곱씹었다.

'닮았네.'

하지만 그럴 리가 없다. 이백 년 전의 사람이 아닌가?

이백 년 전의 사람이 지금까지 젊음을 유지하며 살아 있을 리가 없다. 그 스스로가 조금은 특이한 경우이기는 하지만, 이런 일은 천에 하나, 아니, 만에 하나로도 일어나기 힘든 극히 드문 일이다.

고금을 통틀어 유일한 존재가 자운일지도 모른다.

그런데 그런 존재가 하나 더 있다?

자운이 고개를 절레절레 흔들었다.

그럴 리가 없었다. 자운이 눈에 힘을 꽉 주고 여인을 바라보며 물었다.

"너 뭐냐?"

자운의 말에 그녀가 자운의 얼굴을 빤히 바라본다. 의문을 표하는 것인가?

표정을 쉬이 읽을 수 없는 것까지 어쩜 이리 똑같이 닮았는지, 핏줄을 이어받은 사람이라면 믿을 법도 하겠다.

하지만 그녀 본인이라는 것은 믿을 수 없다.

자운이 고개를 절레절레 흔들며 어깨를 으쓱해 보인다.

그리고는 다시 물었다.

"너 뭐냐고."

자운의 물음에 그녀가 천천히 입을 열었다.

"나 몰라."

무슨 의미일까?

모르냐고 물었다. 그렇게 묻는다면, 모른다. 하지만 그녀와 똑 닮은 얼굴을 가진 여자에 대해서는 알고 있다.

"사기를 칠 거면 제대로 치지? 이백 년 전의 사람이 지금까지 살아 있다는 걸 믿으라고?"

그 말에 여인이 처음으로 표정에 변화를 보였다. 눈 아래가 움찔 떨린 것이다.

"이백 년 전?"

자운이 고개를 끄덕였다.

"그래. 네 주장대로라면 넌 이백 년 전의 사람이라는 말이지. 그건 나 역시 마찬가지고."

자운이 단전을 움직여 기운을 뿌렸다. 그의 몸에서 뿌려진 기운이 철저하게 기막을 치고, 새어 나가는 소리를 다시 한 번 차단했다.

이 방에 있는 것은 자운과 이 여인뿐이나, 언제 소리가 새어 나갈지는 알 수 없기 때문이다.

자운의 그런 기운을 느낀 것인가? 그녀가 고개를 움직여 주변을 휙휙 둘러보았다.

"내공."

자운이 의문을 표했다.

"……?"

그러자 그녀가 자운의 눈을 바라보며 고저가 없는 음색으로 마저 말했다.

"많이 늘었네."

이번에 움찔한 것은 자운이었다. 자운의 내공이 부족했다는 것을 아는 사람은 없다. 과거에는 꽤 많이 있었으나 지금은 전혀 없다.

그런데 눈앞에 있는 여인이 그 이야기를 꺼낸 것이다.

하지만 자운은 당황하지 않고 처음 듣는 소리라는 듯 어깨를 으쓱해 보였다. 그리고는 씨익 웃어 보인다.

"재미있는 소리를 하네. 난 원래 내공이 충만했지. 이 넘쳐나는 내공이 줄어들지를 않아서 세상은 나를 개새무적 고수라고 부른다고."

그런 자운의 말에도 그녀의 표정은 흔들림이 없다. 마치 정말로 자운을 알고 있는 듯한 모습이었다. 그녀가 손을 들었다.

아홉 개의 손가락을 펴 보인다.

"나 아홉 살."

그리고는 다시 자운을 지목했다.

"오라버니 열한 살."

그 말에 자운이 움찔한다. 열한 살 때의 일이 기억난 것이다. 그녀가 계속해서 입을 열었다.

"비무. 오라버니, 나한테 맞고, 지렸······."

쾅—!

자운이 손바닥으로 탁자를 내려쳐 그녀의 입을 막았다. 이내 당황한 표정으로 그 손을 흔들었다.

"으아악! 그만! 그만!"

그가 앉은 자리에서 몸을 축 늘어뜨렸다.

힘이 없는 목소리. 방금 전 그녀가 말하려 했던 일은 그녀와 자운이 아니면 절대로 알지 못하는 일이었고, 자운이 절대로 알려지지 않길 원하는 일 중 하나이기도 했다.

자운이 허탈한 음색으로 말했다.

"진짜구나."

자운의 말에 그녀는 말 대신 고개를 끄덕이는 것으로 답했다.

자운은 실감이 나지 않는지 다시 한 번 중얼거렸다.

"진짜 설혜구나."

그녀가 다시 고개를 끄덕인다.

그들은 한동안 말이 없었다. 침묵이 이어지고, 먼저 입을 연 것은 자운이었다.

"세상이 많이 변했지. 폐관에서 나와 보니 무려 이백 년이 흘렀더라고. 이게 말이 돼? 이 년도 아니고 이십 년도 아니고 이백 년이야."

자운의 입에서 허탈한 소리가 흘러나왔다. 하지만 설혜의 얼굴에는 달리 표정 변화가 없었다. 자운이 설혜의 눈을 바라보았다.

'그래, 예전에도 저렇게 표정이 몇 개 없었지.'

북해궁주의 정통 빙공을 익힌 대가로 감정이 조금 줄어든다는 이야기는 들어봤지만, 이건 정도가 과했다. 그래도 다행인 것은 감정을 완전히 잃어버리지는 않는다는 것과 무공을 대성하면 다시 감정이 천천히 돌아온다는 점이다.

자운이 설혜의 눈을 바라보며 말했다.

"아, 지금 넌 아무것도 모르는 건가?"

자운의 말에 설혜가 고개를 끄덕인다. 아까 전부터 이백 년 전, 이백 년 후라는 등 이백 년이라는 이야기가 계속 나오고 있지만, 설혜의 입장에서는 하나도 알아듣지 못했다.

"북해빙궁, 없어."

자운이 고개를 끄덕였다.

"황룡문, 작아졌어."

다시 한 번 끄덕였다. 설혜가 궁금해하는 것은 아마도 이것들이리라. 그녀가 나고 자란 북해빙궁이 사라졌다. 그리고 황룡문의 성세가 예전에 비해서 비교도 할 수 없을 정도로 작아졌다.

이 일이 어떤 연유 때문인지 묻고 있는 것이다.

어떻게 말해주어야 할까?

어떻게 설명해야 할까?

보통의 평범한 사람이라면 말을 빙빙 돌리고 돌려 안정감을 주도록 이야기한다. 사실 이것이 정설이나 자운은 보통사람이 아니었다.

인지해야 할 것은 빨리 인지하고 적응해야 한다는 주의였다.

잠시 생각에 빠진 자운은 곧 설혜에게 단도직입적으로 말해주기로 하고는 가볍게 고개를 끄덕였다.

"놀라서 눈이 튀어나올지도 모르니까 조심하고 들어."

자운이 말을 꺼내며 입을 피식거렸다. 지금 이렇게 아무렇지 않은 듯 설명하고 적응하고 지내기 위해 노력하고 있으나, 그 역시 쉬이 안 되는 것을 설혜에게 한 번에 이해하고 적응하라고 하면 무리가 있는 것일까?

하지만 지금은 이렇든 저렇든 설명하는 수밖에 없었다.

"북해빙궁과 황룡문은 망했어."

"망해?"

자운이 고개를 끄덕였다.

"예전과 같은 성세를 생각한다면 그건 절대로 불가능이야. 거기다 황룡문은 어떻게든 명맥은 유지하고 있지만 북해빙궁은 이백 년 전 적성과의 결전 후 완전히 망했어."

자운의 말에 설혜는 아무런 말도 하지 않고 침묵을 유지했다.

"그리고 지금은 너와 내가 이십대 중후반이던 때보다 이백 년 정도 후의 시대지."

자운이 손가락 두 개를 펼치며 말했다. 이백 년. 사람이 살아가기에 적은 시간은 아니다. 백 살이 넘게 사는 무림인이 몇 있으나, 이백 년은 말도 되지 않는 시간이다.

"이백 년……."

그녀가 작게 중얼거렸다. 설혜의 중얼거림을 들은 자운이 고개를 끄덕이며 말을 이어나갔다.

"그렇지. 그리고……."

자운 역시 당금에 대해서는 아는 것이 많지 않다. 하지만 그나마 몇 가지 알게 된 것을 설혜에게 설명해 주었고, 설혜는 무감각한 표정을 유지하며 계속해서 자운의 말을 경청했다.

자운의 말이 끝났을 때는 자리 앞에 놓인 차가 미적지근하게 식어버린 후였다.

말을 마친 자운이 숨을 크게 내쉬었다.

"후우. 내가 말해줄 수 있는 건 이 정도야. 어때? 이해가 좀 돼?"

자운의 말에 설혜가 고개를 끄덕이며 손가락을 들었다.

"이백스물아홉 살."

자운이 고개를 끄덕이며 답했다.

"어."

"이백스물아홉 살."

"그렇다니까."
"이백스물아……."
"그만해! 너도 이백스물일곱 살이야, 이 할망구야. 같이 늙어가는 처지에 왜 이래?"
자운이 버럭 소리쳤다.

운산과 우천이 자운을 향해 물었다.
"이 소저는 누구십니까?"
자운이 피식피식 웃었다.
"소저라고 하지 마. 젊어 보여도 나보다 고작 두 살 어리니까."
그 말에 설혜가 자운을 보고 중얼거렸다.
"바지에 지……."
자운이 손을 급히 흔들었다.
"아, 물론 소저라고 불러도 아무 문제 없는 거 같아. 계속 소저라고 불러."
운산과 우천이 설혜와 자운을 번갈아 보며 바라보았다.
'대사형을 이겼어?'
'대사형을 제압했어?'
말은 달랐으나 의미는 같았다. 둘은 모두 설혜를 향해 눈을 크게 떴다. 말 한마디로 자운을 제압한 것이다. 지금까지 단

한 번도, 누구도 제압한 적이 없는 자운을 말이다.

"이름은 설혜. 소저라고 불러도 되니까 설 소저라고 부르면 되겠네. 당분간 황룡문 식객으로 지낼 거고, 북해빙궁의 유일한 전인이다."

말을 하며 자운이 설혜에게 전음을 보냈다.

[이백 년 전의 신분을 지금 사용할 수는 없으니까 아무래도 신분을 하나 만들어야겠어. 넌 그냥 북해에서 빙궁의 진신절기를 발견해 익힌 전인쯤으로 해두고, 나이는 나보다 두 살 어리니까… 대충 하고, 이름은 그대로 써도 될 거 같다.]

자운의 전음에 설혜가 티가 나지 않게 고개를 끄덕였다. 다른 사람들은 알아보지도 못할 정도로 미미한 반응. 평소 북해빙궁의 사절이 오면 설혜와 친하게 놀던 자운이기에 그나마 가능한 것이지 타인이라면 감히 알아볼 엄두도 내지 못할 것이다.

'그래, 신분은 그거면 되겠고…….'

[북해빙궁, 다시 세울 거지?]

자신에게 황룡문 부흥이라는 목표가 있는 것과 같으리라. 아니나 다를까, 설혜가 고개를 끄덕였다.

곧 설혜의 전음이 자운에게로 들려왔다.

[방법, 모르겠어.]

문파를 살릴 방법을 잘 모르겠다는 소리. 사실 자운으로서도 황룡문을 다시 부흥시키는 건 막막하기 그지없다.

 해야 할 일을 하고 있을 뿐이고, 노력을 해야 할 뿐이다. 계획이 있지만 쉬운 계획은 아니다.

 자운이 다시 전음을 보내었다.

 [천천히 계획을 잡고 생각해 봐.]

 그녀가 고개를 끄덕이고, 자운이 고개를 돌려 운산과 우천을 바라보았다.

 입을 떡 벌리고 설혜를 바라보는 운산과 우천. 이백 년 전 망해 버린 북해빙궁의 전인이라는 말이 생각보다 충격이었나 보다.

 자운이 손끝으로 그들의 턱을 가볍게 튕겼다.

 따악! 따악!

 "악!"

 "으악!"

 벌렁 뒤로 넘어지는 우천과 비틀거리며 옆의 벽을 잡는 우천. 그들이 얼얼한 턱을 쓸어내리며 자운을 바라보았다.

 자운이 어깨를 으쓱해 보였다.

 "입에 벌레 들어가겠다. 닫아라."

 운산과 우천이 계속해서 얼얼한 턱을 만졌다. 얼마나 세게 때린 건지 턱에 손톱자국이 선명하게 찍혀 있다. 자고 일어나서 얼굴에 이불 자국이 남는 것과는 차원이 다른 쓰라림. 거기에 머리까지 울린다.

운산이 쓰라림을 참고 물었다.

"설… 소저가 북해빙궁의 전인이라는 말씀이십니까?"

자운이 고개를 끄덕였다.

"어. 훌륭하게도 정답이야."

피식피식 웃어 보이는 자운. 우천이 그를 향해 다음 질문을 던진다.

"대사형이 북해빙궁의 전인과 어떻게 아는 사이인데요?"

그 말에 자운이 눈을 감았다.

"음, 글쎄, 뭐라고 해야 하나?"

자운이 생각에 빠지자 설혜가 빤히 자운의 얼굴을 바라보았다. 물론 자운은 눈을 감고 있어 그런 설혜의 행동을 보지 못했다.

잠시간 생각하던 자운이 결론을 내렸다.

"그냥 좀 아는 동생이야."

설혜가 고개를 홱 돌린다. 자운은 모르고 있지만 보고 있던 운산과 우천은 확실하게 알 수 있는 행동이었다.

'아아.'

하지만 얼마 전 자운에게 '키워서 잡아먹어' 하는 소리까지 들은 운산은 그에게 말해주기 싫었다. 우천 역시 방금 전에 맞은 턱이 너무나 아팠다.

'그냥 그렇게 사세요.'

둘이 무슨 생각을 하고 있는, 자운은 무인가가 떠올랐는지 설혜에게 전음을 보낸다.

[혹시 말이지, 할 일 없으면 이놈들이랑 가끔 비무 해줄 수 있어?]

빙공을 사용하는 인물과 비무를 할 수 있다는 것은 흔한 일이 아니다. 빙공의 특성상 다른 무공과는 차별적이고 조금 변칙적인 부분이 많아 비무, 혹은 대련을 통해 꽤 많은 임기응변을 배울 수 있다는 장점이 있다.

설혜가 고개를 끄덕였다.

'좋았어.'

자운이 속으로 쾌재를 부르며 손바닥을 짝 쳤다.

짝—

"자자, 한 가지 더 말할 게 있는데, 설 소저가 밥값도 할 겸 가끔 니네들이랑 비무를 해줄 거다. 그러니 많이 배우도록 하라고."

자운이 말을 하며 설혜를 스윽 살폈다. 기운을 흘려 자극도 해보고 속을 읽어보려 했으나 좀처럼 읽히지 않는다. 자운이 거의 읽을 수 없다는 말은 자운과 비슷하거나 혹은 아주 조금 아래라는 의미.

지금 자운의 실력을 생각해 보았을 때 운산과 우천에게는 태산과 같은 존재였다. 아마도 비무를 통해서 얻는 것이 꽤 많을 것이다.

또한 이렇게 든든한 존재가 당분간 황룡문에 있으니 적성 등에 대한 걱정 역시 잠시 접을 수 있으리라.

자운이 고개를 끄덕이며 속으로 미소 지었다.

'좋군.'

자운이 설혜를 바라보며 운산과 우천을 향해 말했다.

"그럼 가볍게 지금 한판 해볼까?"

차가운 바람이 불었다.

설혜가 단전을 개방했다.

그녀의 내공은 빙궁 특유의 심법과 얼음 속에 있었다는 상황이 합쳐져서 이백 년 전과는 비교도 할 수 없이 늘었다. 그 총량은 자운에 비견될 정도였다.

거대한 내력이 뿜어지고, 바람이 얼기 시작했다.

허공중으로 얼음 알갱이가 날린다.

자운이 그 모습을 보고 이채를 띠었다.

'대단하네.'

저 정도의 내력이라면 이미 수치로 나타내는 것은 무리다. 설혜의 앞에는 운산이 서 있었고, 자운의 옆에서 둘의 비무를 바라보고 있던 우천의 표정은 딱딱하게 굳어 있었다.

자운이 우천에게 묻는다.

"대단하지?"

우천은 대답 대신 고개를 끄덕였다. 기세의 방출만으로 주변에 북풍을 불러오는 위대한 빙궁의 후인. 보고 있는 것만으로도 긴장감에 근육이 저릿저릿하다.

자운이 설혜에게 소리쳤다.

"살살 해, 살살. 이래 뵈도 그 녀석, 황룡문의 문주라고."

자운의 말에 설혜가 운산을 바라보았다. 자운이 태상호법이 되고 자운의 사제가 장문이 되었다는 말은 이미 들었다. 그 장문이 저 사람인 모양이다.

설혜가 과거 황룡문의 장문을 떠올렸다.

'모자라.'

확실히 그에 비교하면 모자라다. 설혜가 검을 비스듬하게 눕혔다. 그녀의 검 위로 얼음 알갱이가 서리고 서리가 내리기 시작했다.

운산이 침을 꿀꺽 삼켰다. 아무리 살펴봐도 빈틈이 없다.

다가가면 그 순간 북풍에 휩싸여 한 덩이의 얼음이 되어버릴 것만 같은 한기가 감각을 파고들었다.

하지만 이대로 물러설 수는 없다.

검을 움켜쥔 손에 힘이 들어갔다.

"먼저 가겠습니다."

이 할망구야, 같이 늙어가는 처지에 왜 이래

운산의 말에 설혜가 고개를 끄덕이고, 운산이 힘겹게 걸음을 움직였다. 정면으로 가는 대신 북풍을 비스듬하게 타고 파고드는 것을 선택했다.

"좋은 선택이긴 한데, 안 통할걸."

자운이 운산이 움직이는 모습을 보며 말했다. 어지간한 수준으로 빙공을 익힌 이에게는 분명 통할 것이다. 기운의 결을 타고 들어가는 방법. 빙공을 익힌 이들을 상대할 수 있는 가장 간단하면서도 보편적인 방법이었다.

하지만 그것도……

'실력이 비슷할 때의 이야기지.'

운산의 실력은 설혜에 비해서 너무나 부족하다. 보름달과 반딧불이라고 하면 비교가 적당할까?

대충 그쯤 된다.

그 순간, 운산이 바닥을 힘차게 박차고 허공으로 날아올랐다.

타닷—

"하아압!"

그리고는 힘차게 질주하는 운산. 운산이 검을 작게 휘둘렀다. 그리고는 앞을 막아서는 북풍을 치워내었다.

하지만 바람은 치운다고 치울 수 있는 것이 아니고 검으로 벤다고 베어지는 것이 아니다.

한순간 틈이 생기기는 했으나 그 틈은 현재 운산의 실력으로 파고들기에는 너무도 작았다. 우모침(牛毛鍼)보다 작은 틈이었고, 찰나라고 부르기도 힘든 순간 생겼다 사라졌으니 말이다.

휘이익—

북풍의 흐름을 타고 검이 날아들었다. 설혜의 검이다.

한기가 풀풀 풍겨지는 검이 운산의 검을 때렸다.

쨍—

검이 한순간 부러질 듯 크게 휘청거리며 운산의 몸이 뒤로 주르륵 밀려났다. 운산이 빠르게 퇴법을 밟으며 힘을 줄이려 했으나 그리 쉽게 줄여지지 않는다.

불어오는 얼음 알갱이들이 그의 움직임을 방해했다.

바닥에 눌어붙은 얼음 알갱이에 발이 꼬인다.

"크윽."

운산이 형편없는 모습으로 바닥을 굴렀다. 설혜가 그런 운산을 보며 말했다.

"못 막았네."

아무 감정 없이 한마디 툭 뱉은 것이나, 그 모습이 오만하고 깔보는 듯 보였다. 운산으로서는 비무인 것을 알면서도 참기 어려웠다.

운산이 눈을 부릅뜨고 자리에서 일어났다.

"좋은 눈이야."

설혜가 운산의 눈을 보고 말했다. 운산이 검을 움켜쥐었다.

그가 천천히 보법을 밟기 시작한다. 지룡천보행의 보법이다.

이무기가 용이 되기 위해 스스로 고난을 겪으며 천 걸음을 걸어간다. 그리고 그 걸음 동안 여의주를 갈고닦는다.

바람의 흐름이 변하기 시작했다. 불어오는 북풍이 조금이나마 운산의 발 아래로 빨려들어 가는 것이다.

운산이 내력을 움직여 주변의 바람을 장악했다.

북풍이 그의 발 아래로 모여들고, 조금씩 원의 형태로 변해가기 시작한다. 설혜는 언제든지 주변의 주도권을 뺏어올 수 있음에도 불구하고 운산이 하는 양을 바라보았다.

자운이 살살 하라고 한 말을 기억하고 있기 때문이다. 설혜가 제 힘을 내었다가는 운산은 순식간에 얼음 동상이 되어버릴 것이다.

'올까?'

그렇게 생각한 순간 운산이 튀어나왔다. 그가 걸음을 옮길 때마다 바람이 그의 아래로 빨려들어 간다.

설혜가 통제하는 바람이 점점 적어지고, 두텁게 두르고 있던 북풍의 벽이 점점 얇아졌다.

그리고 그 틈을 노려서 운산이 질주한다.

운산의 검이 바람을 갈라 틈을 만들고, 몸을 비집어 넣었다.

휘리릭—

그의 검이 회전하며 바람을 빗겨내었다.

동시에 뿌리는 직도황룡(直道黃龍).

직도황룡이 일곱 개의 변화를 불렀다.

여섯 개의 변화가 바람을 빗겨내고 갈랐다. 그리고 마지막 하나 남은 변화가 그대로 바람 사이를 뚫고 들어갔다.

설혜의 몸이 빙글 회전했다.

회전과 동시에 그 힘을 검에 집중시켜 바람을 열고 들어온 운산의 검을 때렸다.

따앙—

검극과 검극이 충돌하고, 운산의 몸이 뒤집어졌다. 바닥을 때린 설혜의 몸이 그를 뒤쫓았다.

북풍은 다시 설혜의 통제에 들어오고, 그녀의 앞으로 얼음 알갱이가 뭉쳐졌다.

마치 소의 뿔[牛角]과 같이 집중되는 얼음 알갱이가 그대로 공간을 부수며 운산에게로 날아들었다.

"크윽."

운산이 바닥으로 내려서며 허벅지 가득 힘을 주었다. 근육이 부풀어 오르며 그가 검면을 내밀었다.

쩌엉—

검과 충돌하는 얼음의 뿔. 한순간 공기가 밀려나고, 운산의 몸이 주르륵 밀려났다.

동시에 반 토막 난 검이 바닥에 떨어져 아무렇게나 굴렀다.

터엉—

검이 반 토막 났음에도 불구하고 얼음의 뿔은 멀쩡한 모습으로 한기를 뿜으며 운산의 목을 겨누고 있었다.

그녀가 운산의 목을 바라보며 말했다.

"끝났네."

허공중으로 얼음의 뿔이 알갱이가 되어 사라진다. 완벽한 패배였다.

비무가 끝나자 자운이 손뼉을 짝짝 쳤다.

"그 정도면 잘했네."

하지만 운산은 만족스럽지 못한 표정이다.

"네 실력을 다 보이지 못한 거 같지?"

자운의 말에 운산이 고개를 끄덕였다.

"그런 생각이 들기는 합니다."

자운이 피식 웃으며 어깨를 으쓱해 보인다.

"근데 그게 네 실력이야. 비무든 실전이든 시작하고 바로 최선의 실력을 발휘하는 게 중요하지. 천천히 실력이 나온다고 생각하면 넌 언젠가 제 실력이 나오기 전에 실전에서 목숨을 잃을 거다."

그렇게 말하고는 뒤를 돌아보았다.

"다음 우천, 들어가서 한번 뛰고 와라."

자운의 말에 우천이 빠르게 뛰어가 설혜의 앞에 섰다. 운산을 상대했음에도 불구하고 설혜의 표정에는 지친 기색이 전혀 없다.

처음과 그대로 자운이 둘을 바라보며 운산에게 말했다.

"앞으로는 시작하자마자 최고의 실력을 내도록 해봐. 아마 죽어라 노력해야 할 거다."

자운의 말에 운산이 고개를 끄덕였다. 그사이 어느새 둘의 대련은 시작되고 있었다.

검이 부드럽게 움직이고, 기교를 부렸다. 하지만 북풍은 사량발천근과 이화접목만으로 막아낼 수 있는 것이 아니다.

얼음 알갱이를 간신히 막아내고는 있지만, 우천의 검은 그리 자유롭지 못했다.

또한 검 주변으로 얼음이 달라붙어 속도가 눈에 띄게 느려지고 있었다.

"후우."

우천이 숨을 들이쉬었다.

차가운 바람이 폐부 깊은 곳까지 들어오고, 숨을 따라서 내공이 꿈틀거린다.

내공이 검으로 주입되자 우천의 검에 달라붙은 얼음 알갱이들이 떨어져 내렸다.

'이제 다시 움직일 수 있다.'

그 순간, 설혜가 단번에 검을 찔러 넣었다.

피잉―

화살이 바람 가르는 소리를 내며 쏟아지듯, 설혜의 검이 직선으로 쏘아졌다.

정직한 찌르기. 하지만 막아내기 쉽지 않다.

그 속도가 우천의 인지를 넘어섰기 때문이다. 우천은 막는 대신 몸을 회전시켰다.

빙글 몸이 회전하며 설혜의 검이 우천의 허리 옷깃을 스치고 지나갔다.

파앗―

옷깃이 검에 터져 나가며 우천이 몸을 빠르게 회전시켰다. 그와 동시에 바닥을 박차고 설혜의 검격에서 빠져나온다.

우천이 빠져나가자 설혜가 제자리에 멈춰 서 우천을 바라보았다.

우천은 터져 나간 허리 옷깃을 한번 살핀 후 신중하게 호흡을 골랐다.

다시 한 번 접근했다가는 이번에는 옷깃이 아니라 정말 허리가 터져 나갈지도 모른다. 방금 전의 충돌로 그것 하나는 확실하게 알았다.

신중하게 공략해야 할 것이다.

우천이 침을 한번 꿀꺽 삼키고는 근육을 긴장시켰다.

근육이 수축과 이완을 반복하고, 팽팽한 긴장감이 척추를 타고 들어와 뇌리로 스며든다.

'빈틈을 찾을 수가 없어.'

검을 비스듬히 들고 있는 설혜를 바라본 우천의 솔직한 감상이었다. 지금 우천의 실력으로는 절대로 빈틈을 찾을 수가 없다.

'빈틈을 찾을 수 없다면.'

만들어야 한다. 살을 주고 뼈를 취한다. 우천이 손을 가볍게 털었다.

다른 한 손으로는 검을 더욱 강하게 움켜쥐었다. 그리고는 정면을 향해 나지막이 중얼거렸다.

"가겠습니다."

설혜가 무감정하게 고개를 끄덕이고, 쏜살같이 우천이 튀어나갔다. 검을 앞으로 곧추세워 달려가는 찌르기. 검이 그의 손에서 회전하고, 설혜가 검을 뻗었다.

우천의 검과 설혜의 검이 충돌한다. 얼음 알갱이가 단번에 우천의 검을 타고 들어왔다.

이 할망구야, 같이 늙어가는 처지에 왜 이래 31

우천이 내력을 움직여 다시 얼음 알갱이를 털어내고는 설혜의 검을 연달아 때렸다.

따당—

검과 검이 충돌하는 소리가 북풍 소리에 섞여 들린다. 자운이 흥미로운 표정으로 둘을 지켜보고 있다.

"눈이 살아 있네."

자운이 우천의 눈을 보고는 중얼거렸다. 과격하게 달려드는 듯하지만 우천은 지금 냉정하게 상황을 파악하고 있었다.

검을 맞대는 열기와 더불어 냉정하게 상황을 판단하는 냉철함이 맞물린 눈빛이다.

나쁘지 않은 눈빛이다. 그리고 우천이 하려는 바가 무엇인지도 알았다.

우천은 의도적으로 움직임 하나하나마다 슬쩍슬쩍 빈틈을 만들고 있었다.

이를테면, 일곱 걸음째에서 여덟 걸음째로 보법이 이어지며 왼쪽 허벅지를 전방에 노출시키는 것이 그것이다.

예전에는 보이지 않았지만 지금 일부러 노출시키는 듯한 허점. 그 외에도 몇 가지가 더 있었다.

습관적으로 허점을 만들어 마치 설혜에게 찌르고 들어오라고 말하는 듯한 모습. 자운이 그 모습을 보고는 피식 웃음을 흘렸다.

"실력 차이를 간과한 선택이네. 살을 잃고 뼈를 취한다는 생각인 거 같은데, 잘못하면 살을 잃으려다가 목숨 줄이 날아갈 수도 있지."

자운이 가볍게 입맛을 다셨다.

운산은 자운의 옆에 서서 우천과 설혜의 비무를 바라보고 있었다. 자신이 비무를 할 때만 해도 밀리고는 있었지만 크게 밀리고 있다고는 생각하지 않았다.

하지만 지금 우천과 설혜의 비무를 보니 알 수 있다.

크게 밀리지 않은 것이 아니라, 설혜가 크게 밀리지 않도록 봐준 것이라는 사실을. 운산의 눈이 둘의 비무를 담았다.

자운이 그런 운산의 등을 퍽 때렸다.

"잘 봐둬. 어차피 너흰 이백 년이 지나도 나나 쟤는 이기지 못하겠지만, 잘 봐두면 엄청난 속도로 성장할 거다."

운산이 물었다.

"어느 정도로요?"

자운이 가볍게 턱을 쓸어내리며 히죽 웃는다.

"백 년쯤 후에는 나나 쟤 칼을 한 백 번은 막을 수 있을 정도?"

운산과 자운이 이야기를 나누고 있을 때, 우천과 설혜의 비무는 끝으로 치닫고 있었다. 고의적으로 허점을 노출시킨 탓에 우천은 계속해서 설혜에게 밀렸다.

하지만 우천이 노린 대로 설혜는 계속해서 우천의 빈틈을 따라 점점 깊게 들어오고 있었다.

'조금만 더. 조금만 더.'

조금만 더 참으면 우천이 역공할 기회가 생긴다.

우천이 침을 꿀꺽 삼켰다. 그리고 한순간, 섬전처럼 공간을 제쳐 든 설혜의 검이 우천이 원하는 수준까지 찔러들어 왔다.

'이때다.'

부욱—

우천의 허벅다리를 감싸고 있던 옷이 찢겨 나갔다. 그와 함께 그의 허벅다리에서 피가 흘렀다. 깊은 상처는 아니었으나 움직임에 불편함이 올 정도였다.

쓰라린 감각이 엄습하고, 우천이 고통을 참아내며 검을 움직였다.

파고든 설혜의 검을 움직이지 못하게 황룡문의 절기를 이용하여 움켜쥔다.

우천의 검이 연검처럼 꿈틀거리고, 우천의 입에서 초식의 이름이 튀어나왔다.

"교룡도(蛟龍道)!"

교룡이 움직이는 길. 검이 연검처럼, 천주(天柱)를 휘감고 하늘로 솟구치는 용처럼 꿈틀거리며, 설혜의 검을 움켜쥐고 파고들었다.

　단번에 우천의 검이 설혜의 가슴팍으로 치닫는다.

　연이어 펼쳐지는 직도황룡(直道黃龍).

　일곱 개의 변화가 그대로 갈라지며 설혜의 가슴팍을 노렸다.

　어지간한 고수라면 그 자리에서 공격을 허용하고 일곱 개의 구멍이 뚫린 채로 절명해 버렸을 것이다.

　하지만 자운도 깊이를 다 읽지 못할 정도의 고수인 설혜는 그런 어지간한 고수들과는 차원이 달랐다.

　설혜의 검이 변화를 일으키고, 차가운 북풍이 그녀의 검에서 줄기줄기 뿜어졌다.

　쩌저저정―

　우천의 검에 묶여 있는 그녀의 검이 강력한 힘을 발했다.

　우우우웅―

　대번에 기운이 집중되고, 주변의 얼음이 그녀의 검을 찬찬히 덮어갔다.

　선명하게 빙기(氷氣)를 띠는 검. 그것은 부인할 수 없는 검기였다.

　검기는 대번에 우천의 검을 풀어버리고, 일곱 개의 변화를 쳐 내었다.

　따당, 쩌저저정―

연속적인 공격을 이기지 못한 우천의 검에 실금이 새겨지기 시작한다.

실금은 공격을 받을수록 그 깊이와 정도를 더해갔다. 곧 검이 깨어질 것이다.

"크윽."

우천이 신음을 흘리며 퇴법을 밟았다.

동시에 그녀의 검이 위로 들어 올려진다.

베기.

검기가 줄기줄기 흐르는 검이 솟구친다. 완전한 검이라도 검기를 빗겨낼 수 있을지 없을지 알 수 없는데, 금이 가 다 깨어지기 직전의 검으로 어찌 검기를 받아낸단 말인가.

성공적으로 사량발천근의 수법을 펼친다 하더라도 그 힘을 받아내지 못한 검이 깨지고, 그 충격은 고스란히 우천에게로 돌아올 것이다.

통제되지 않은 기운은 내부로 침입해 내상을 만들 것이고, 검이 깨어지며 밖으로 터져 나온 힘은 외상을 입힐 것이다.

'어떻게 해야 하지?'

할 수 있는 것은 몇 가지 없었다. 내력을 모두 검에 집중시켜 검이 사량발천근의 수법이 끝날 때까지 견디게 만들 수밖에 없다.

"으아아아아압!"

우천이 소리를 쳤다. 그것은 일종의 기합. 기합성과 동시에 내력이 검으로 집중되기 시작한다.

흐르는 검기가 우천의 검에 닿았다. 우천이 세심하게 두 개의 기를 맞대고 조율했다. 촛불은 옮겨 붙이는 와중에 작은 바람만 불어도 꺼지거나 어디로 옮겨 붙을지 모른다.

사량발천근 역시 마찬가지. 온몸의 육본 하나하나의 의지와 신경을 모두 기울여 내기를 조절하고, 설혜의 검기가 우천의 검을 타고 흘렀다.

"크으으으으윽."

우천이 신음을 흘렸다.

멀쩡한 검으로도 검기는 막기 힘든데, 역시 금이 간 검으로 막는 것은 무리였다는 생각도 든다.

하지만 지금 포기하면 폐인이 될 수도 있다.

당장에 검으로 넘어온 힘이 너무 많다. 지금 포기해 버리면 갈 길을 잃은 기운이 모두 우천의 몸속으로 들어와 폭주할 것이다.

우천이 입에서 피가 날 정도로 강하게 이를 악물었다.

그리고 내기를 더욱 세심하게 조절하고 압축하기 시작했다.

자신의 기운을 압축하고 압축하여 설혜의 기운을 견뎌낼 정도로 만드는 것이다.

이 할망구야, 같이 늙어가는 처지에 왜 이래

주변의 넓게 감싸고 흐르던 우천의 기운이 우천의 의지를 받았다.

그리고는 검으로 더욱 가깝게 모여들었다.

그 모습은 마치 검, 기운이 압축되고 압축될수록 그 형상은 검을 닮아가고 있었다.

이윽고 그 기운이 선명하게 검의 기운을 띠게 되었을 때, 운산이 놀라 크게 소리쳤다.

"검기!"

운산이 그랬던 것처럼 우천 역시 검기의 경지에 접어든 것이다. 물론 아직 그 기운의 통제가 완전하지 못한 것인지 검기가 흐릿해졌다 원래대로 되돌아오기를 반복하고 있었다.

저것은 꾸준한 노력한다면 완벽해질 수 있는 것이다. 지금 중요한 것은 우천이 검기의 경지에 한 발을 올렸다는 것이다.

자운이 우천을 보며 운산을 향해 낄낄거렸다.

"너도 이제 좀 긴장해야겠다. 곧 좁혀지겠어."

운산은 겉으로는 씨익 웃어 보였으나 속으로까지 좋아할 수는 없었다. 분명 사형제의 경지가 심후해진 것은 축하해 주어야 마땅한 일이다. 하지만 그 격차가 자신을 좁혀오니 무인으로서 조바심이 나는 것도 사실이다.

거기에 운산은 우천의 사형이기도 하지 않는가. 항상 우천의 앞에서 우천을 이끌어 주어야 한다고 생각하고 있는 그인데, 어느새 우천이 성큼 쫓아온 것이다.

그가 주먹을 꾸욱 움켜쥐었다.

자운이 그런 운산을 보며 속으로 피식거렸다.

'그래, 원래 그러면서 크는 거지.'

다시 고개를 돌려 확인한 비무. 이제 둘의 비무도 끝을 향해 달려가고 있었다.

검기가 솟구치자 설혜의 검을 막아내는 우천의 움직임에 한층 힘이 실렸다.

또한 위에서 내려오는 설혜의 힘을 견뎌내는 것까지 수월해졌다. 아직까지는 설혜의 힘이 훨씬 위였으나 위의 두 가지만 해도 충분한 소득이었다.

그도 그럴 것이, 지금 우천이 펼친 기교는 사량발천근이 아니던가. 적은 힘으로도 충분히 큰 힘을 이겨낼 수 있다.

"으아아아아!"

우천이 기합성을 터뜨리며 기운을 움직였다. 검기에 실린 설혜의 기운이 사방으로 흩어지고, 검에 담긴 진력(眞力)까지 점차 약해졌다.

그리고 그 힘이 약해진 한순간, 우천이 설혜의 검을 흘려버리는 동시에 벼락처럼 찔러 넣었다.

'이겼나?'

한순간 우천은 그렇게 생각했다.

무언가가 잘려 나가는 소리가 들렸다.

파삿—

자신이 설혜의 옷깃을 베었을 것이라 생각했다. 그와 동시에 눈앞이 아득해지며 가슴팍에서 충격이 타고 올라왔다.

우천이 고개를 숙여 자신의 가슴팍을 확인했다.

'어?'

목 한 가득 피가 차올라 말소리가 제대로 나오지 않는다. 우천의 가슴팍에는 한껏 벌려진 설혜의 손바닥이 자리하고 있었다.

가슴을 타고 올라오는 서늘한 한기. 빙공 특유의 기운이 그의 가슴팍을 파고든 것이다.

또한 검기가 솟구치던 우천의 검은 어느새 그의 손을 벗어나 허공에서 회전했다.

핑그르르르—

검이 바닥에 박혀든다.

푸욱—

바닥에 절반 정도의 검신이 박혀든 검에는 검기가 사라진 지 오래. 우천의 몸이 뒤로 밀려났다.

"쿨럭!"

우천이 날아가는 와중에 입으로 피를 뿜렸다. 자운이 그런 우천을 받아 들고 손가락 끝으로 혈도 몇 군데를 눌렀다.

우천의 몸속에서 날뛰던 빙공의 기운이 단번에 진정되며 밖으로 새어 나왔다. 하지만 우천은 이미 혼절해 버린 지 오래였다.

자운이 우천을 운산에게로 넘겨주며 말했다.

"살짝 내상 입은 거 같으니까 총관더러 내상에 좋은 약초 몇 개 챙겨 먹이라고 해."

황룡난신

"우리 애들 어때?"

운산과 우천이 물러가고 자운이 설혜에게 물었다.

설혜가 자신의 앞에 놓인 차를 한 모금 마시고는 입을 열었다.

"나쁘지 않아."

자운이 웃으며 고개를 끄덕였다.

"물론. 누가 가르친 녀석들인데."

설혜가 친절하게, 또 그녀답지 않게 입을 한 번 더 열어 자운의 말을 정정해 주었다.

"그거 말고 재능이."

자운이 뜨거운 찻물을 한 번에 입안에 털어 넣고는 오만상을 쓰며 구시렁거렸다.

"젠장. 누가 내 덕이라고 해주면 잡아먹는 것도 아니고, 귀여움이 없어요, 귀여움이. 네 또래 여자애들처럼 너도 좀 귀여우면 안 되냐?"

그 말에 설혜가 손가락으로 스스로를 지목하며 말했다.

"나 이백스물……."

"으아악! 알았다, 알았어. 무슨 말을 못하겠네. 그래, 좋아. 어쨌든 애들, 나쁘지 않았잖아."

설혜가 고개를 끄덕였다.

"큰놈, 생각이 많아."

자운이 고개를 끄덕였다.

"알아. 그런 놈들이 대게 신중하고 깊이 생각해서 움직이지. 단점은 생각이 많아도 너무 많다는 거야. 물론 그게 장문으로서는 장점이라 시킨 거지만, 생각이 너무 많으면 무공을 펼치는 데는 불리해지지."

설혜가 고개를 끄덕였다. 생각이 많은 이들은 안전함과 위험함을 냉정하게 생각하고 몇 초식 앞을 읽어내기 위해 노력한다.

그로 인해 살아남아 무림에서 고수가 될 가능성도 높지만,

반대로 고수가 되기 전에 죽어버릴 가능성도 높았다.

너무 많은 생각이 움직임을 방해하기 때문이다. 자운이 침음성을 흘리며 물었다.

"음. 그럼 작은 놈은?"

우천을 물어보는 것이다.

"적당히. 하지만 본능이 삼 할 더 커."

역시 자운과 같은 판단이라 고개를 끄덕였다. 우천은 적당히 생각도 하고 몸을 움직인다. 생각이 많은 것도 적은 것도 아니었으나 굳이 말하자면 본능 쪽이 삼 할 더 컸다.

짐승, 그중에서도 늑대과에 속하는 짐승과 같은 느낌이다.

"좀 저돌적인 성격이 있는데 무인 중에 저돌적이어서 오래 사는 녀석은 없어."

설혜가 고개를 끄덕였다.

"하지만 살아남으면 누구도 무시하지 못할 고수가 되겠지. 저놈은 살아남을 수 있어."

"왜?"

왜 그렇게 생각하느냐고 묻는 것이다. 자운이 피식 웃으며 자신의 가슴을 팡팡 때렸다.

"내가 있으니까."

설혜가 중얼거렸다.

"역시 많이 컸어."

"그러지 마라. 원래 키는 너보다 컸다."

설혜가 고개를 흔들었다.

"그거 말고 내공이."

"젠장."

얼마 후 한 무리의 사람들이 태원삼객을 통해 자운을 찾아왔다. 아니, 정확하게 말하면 황룡문의 문주인 운산을 찾아왔고, 그 자리에 자운이 함께 있었다고 해야 할 것이다.

자운이 그들을 바라보며 말했다.

"뭐야?"

태원삼객이 그들을 자운과 운산에게 소개했다.

"이들은 저희가 정착하지 않고 떠돌 때 친분을 유지하던 이들입니다. 저희가 몸을 의탁하는 것을 보고 저들도 몸을 의탁할 문파를 찾는다기에 저희가 불러왔습니다."

그들의 말에 자운이 턱을 가볍게 쓸며 태원삼객의 뒤에 있는 인물들을 찬찬히 살폈다.

정해진 곳 없이 떠돌던 이들이니만큼 실력은 낭인들과 비슷하거나 혹은 조금 위였다. 이류 정도는 되지만 일류는 되지 못하는 수준이 대부분. 거기에 외모로 추측해 본 나이는 대부분 서른이 넘어간다. 많은 이는 쉰에 육박해 보이는 이도 있었다. 자운이 인상을 팍 썼다.

"이봐, 니들. 황룡문이 자선 문파인 줄 알아?"

그 말에 당황한 것은 태원삼객이었다. 자운의 성격에 곱게 그들 모두를 받아줄 것이라고는 생각하지 않았다. 하지만 처음부터 이렇게 강한 말을 던질 거라고는 상상도 하지 못했다.

"그, 그게 무슨 말씀이십니까?"

태원삼객 첫째의 말에 자운이 손을 흔들었다.

"아, 넌 좀 조용히 해봐. 너넨 황룡문을 찾아올 이유라도 있었지, 너넨 뭐냐?"

그러자 그들 중 대표로 보이는 이가 크게 소리쳤다.

"우리는 순수한 이유로 황룡문에 몸을 의탁하고 싶어서 온 것이오! 그런데 당신은 누구길래 우리의 순수한 마음을 매도하는 것이오?"

그 말에 자운이 피식 웃었다.

"순수하긴 개뿔. 일단 물어본 건 답해주지. 황룡문의 태상호법 천자운이라고 하는데, 혹시 들어봤어? 요즘 개새무적 천하제일고수로 이름 좀 날리고 있는데."

자운이 싱글벙글 웃었다. 입꼬리가 한쪽으로 씨익 올라간 웃음, 명백한 비웃음이다.

하지만 자운의 말을 들은 이들은 그 비웃음에 화를 낼 수 없었다.

자운의 정체를 알아버렸기 때문이다.

그들 중 몇이 크게 소리쳤다.

"황룡문의 태상호법!"

"철혈난신(鐵血亂神)!!"

자운이 그 말을 듣고 피식 웃었다.

"별호는 또 언제 바뀌었대? 그것보다 기분 나쁘게 난신(亂神)이 뭐야, 난신이. 그러면 내가 꼭 이리저리 사건사고 치고 다니는 놈 같잖아."

자운의 별호가 난신으로 바뀌게 된 것은 당가 사람들의 공이 컸다. 자운이 육적과 당가에서 한바탕 전투를 벌이고 당가의 절반을 쑥대밭으로 만들어 버린 것을 보고 그들이 자운을 난신(亂神)이라고 불렀던 것이다.

물론 당가는 막대한 금력으로 무리없이 복구되고 있으나, 자운을 난신으로 부르는 것은 바뀌지 않고 있었다.

이러한 사실을 모르는 자운은 자신의 별호가 마음에 들지 않아 툴툴거리는 수밖에 없었다.

"어찌 되었든 말해봐. 너희가 황룡문을 찾아온 그 순수한 마음이라는 거."

자운이 그들을 바라보며 이죽거렸다. 그러자 그들 중 대표로 보이는 이, 가장 처음 자운에게 말했던 이가 조금은 작아진 목소리로 외쳤다.

"우리는 태원삼객에게서 황룡문이 얼마나 좋은 문파인지

들었소. 본래 우리처럼 늦게 몸을 의탁하면 무공을 알려주기는커녕 일반 식객과 다를 것이 없이 대하게 마련이오. 한데 황룡문은 그렇지 않다고 하더군. 무공을 알려주고 상승의 무공 역시 지도해 준다고 하는데 어찌 의탁하지 않을 수 있겠소."

자운이 배를 잡고 바닥을 구르며 웃었다.

명예고 나발이고 다 잊은 모습. 마치 나려타곤을 펼치는 것처럼 좌우로 굴러다니며 크게 웃음을 터뜨린다.

"뭐? 으하하하하! 으하하하! 킬킬킬킬! 으하하하하하하하! 아이고, 배야! 뭐라고 했냐? 응?"

한참을 바닥을 구르며 웃음을 터뜨리던 자운이 바닥을 치며 일어났다. 정말로 크게 웃은 듯 그의 눈가가 붉었다.

"아, 웃겨서 눈물이 다 나네."

손을 들어 눈가를 훔치는 자운. 그리고는 매서운 눈길로 태원삼객과 함께 찾아온 이들을 바라보았다.

"이유는 정말 그게 전부야?"

자운이 그들을 향해 한 걸음 다가갔다. 그러자 그들이 한 걸음 물러나며 자운을 바라본다.

"그, 그럼 무슨 다른 이유가 있을 수 있겠소?"

자운이 어깨를 으쓱해 보이며 고개를 절레절레 흔들었다.

"아니, 나는 혹시 이런 이유가 있을까 해서 물어봤다."

네가 뭘 알겠냐. 거기는 괴물이 있단 말이지 51

곧 다시 자운의 입이 열린다.

"너희들, 나이 먹을 만큼 먹었잖아. 이제 이렇게 떠돌아다니면서 낭인이랑 비슷한 대우 받기는 싫고, 명색이 무인이고 나이도 좀 있는데 문파 하나 잡아서 못해도 무사부 역할이나 좀 하면서 놀고먹고 싶고, 근데 좀 큰 문파 찾아가려고 하니까 걔들이 너네를 안 봐주잖아. 그렇지?"

자운이 말을 하며 계속 그들에게 다가갔다. 자운이 다가오는 것과 반대로 그들은 계속 뒷걸음질을 쳤다.

"그래서 지금 좀 커질 가능성이 보이는 문파 중에 대접 좀 해주겠다 싶은 문파 몇 개 찾아봤을 거야. 그렇지?"

자운의 이죽거리는 표정이 점점 더 맛깔을 더해간다. 재미가 더해가는 표정이다. 운산과 우천 역시 이제는 재미있다는 듯 그런 자운의 얼굴을 바라보고 있었다.

'즐기고 계시나.'

운산의 생각은 이러했고, 우천의 생각은 조금 달랐다.

'아, 저렇게 이죽거리면 되는 거구나. 입꼬리를 이렇게 틀어 올리면 되나?'

우천은 점점 더 자운과 닮아가고 있었다. 그들이 그런 생각을 하든 말든 자운이 말을 이어나갔다.

"그러다가 태원삼객의 이야기를 들은 거지. 상승 무공도 알려주고. 좋지, 안 그래?"

자운이 말을 하며 고개를 끄덕였다. 그러자 그들 중 몇이 자운을 따라 고개를 주억댔다. 그것은 생각을 가지고 한 행동이 아니라 자운의 눈이 고개를 끄덕임에 따라서 위아래로 움직이자 함께 움직인 무의식적인 행동이었다.

　그들의 그런 모습을 보고 자운이 손바닥을 짝 쳤다.

　"거봐. 고개 끄덕이잖아. 너넨 정말로 황룡문이 좋아서 온 게 아니라 그냥 대접 잘 해주는 정착할 곳이 필요했던 거야."

　말을 마친 자운이 몸을 획 돌렸다.

　자운이 고개를 돌리자 일전의 그가 다시 소리친다.

　"그, 그렇지 않소! 그건 억지요!"

　그의 말에 다시 자운이 몸을 돌렸다. 몸을 돌린 자운은 전혀 웃고 있지 않았다. 그가 싸늘한 얼굴로 황룡문의 벽 한쪽을 가리켰다.

　"그래? 그렇단 말이지? 황룡문이 정말로 좋아서 온 거란 말이지? 그럼 너희가 황룡문을 얼마나 좋아하는지 알아봐야겠네."

　자운의 손에서 강력한 흡입력이 발생하며 허공섭물이 펼쳐졌다.

　그의 양손으로 벽에 가지런히 기대어져 있던 빗자루들이 딸려 들어왔다.

　그 수는 정확하게 지금 황룡문을 찾아온 이들의 수와 일치

하는 서른. 자운이 손을 휘둘렀다.

그러자 서른 개의 빗자루가 모두 그들의 앞으로 날아간다.

"그거 잡아."

자운의 말대로 그들이 자신에게로 날아온 빗자루를 하나씩 쥐었다. 그래도 어느 정도 무공이 있기 때문에 빗자루를 놓치거나 하는 실수는 하지 않았다.

"이걸로 무엇을 하라는 말이오?"

무인의 손에 검이 아닌 빗자루가 들렸다. 한 무인이 발끈해서 자운을 향해 물었다.

"지금부터 구역을 나눠주지. 그곳을 청소해 봐. 얼마나 깨끗하게 청소하는지 보고 너희가 황룡문을 얼마나 사랑하는지 평가하겠어."

말을 마친 자운이 휘적휘적 걸음을 옮겨 각자 청소할 곳을 배정해 주었다.

모두 청소할 곳을 배정해 준 자운이 고개를 돌리며 그들에게 말했다.

"지금부터 정확하게 한 시진 후에 돌아올 거야. 그때까지 잘들 해봐."

그리고는 운산과 우천, 태원삼객에게 말했다.

"자, 그럼 우리는 가자고."

자운이 사라지자 한 사내가 손에 들린 빗자루를 바닥에 내팽개쳤다.

"젠장! 이게 도대체 뭔지!"

응안검(鷹眼劍) 홍수안. 무한에서 나름대로 이름이 있는 이다. 실력은 이들 중 손에 꼽을 정도로 강하며 일류에 발을 걸쳤다고 봐도 좋을 정도다.

그 정도의 실력을 가지고 있으니 어느 문파를 가더라도 어느 정도의 대우는 받을 것이다. 하지만 태원삼객의 전례를 듣고는 황룡문에 오면 조금 더 좋은 대우를 받을 줄 알았다.

그런데 이게 뭔가?

고작 비질이나 시키다니. 일류 정도의 실력을 가지고 비질을 하려니 화가 나기도 했다.

그가 바닥에 침을 뱉었다.

"퉤."

그리고는 아무렇게나 발로 비벼 버린다.

그의 말에 몇몇이 동조하며 빗자루를 바닥에 내팽개쳤다.

"옳소! 옳소!"

"거기다 이런 비질로 도대체 황룡문에 대한 마음을 어떻게 판단한다는 거요! 웃기는 소리 하고 있군! 다들 안 그렇소?"

몇몇은 괜히 다른 이들을 선동하기도 했다. 그 선동에 넘어간 몇몇은 그들과 마찬가지로 빗자루를 내팽개쳤고, 대충 비질을 하는 이들도 있었다.

하지만 몇은 충실하게 비질을 하고 있었다.

홍수안은 그들을 못마땅하다는 눈으로 바라보고 있었지만, 감히 그들을 향해 무언가를 하지는 못했다. 그들 중 하나가 그와 비교해도 실력이 뒤지지 않는 척우경이었기 때문이다.

맹호복자(猛虎伏子)로 이름을 날린 척우경. 그가 전장에 나서서 보이는 매서움은 마치 맹호(猛虎)와 같지만, 일상에서의 행동은 고수의 티가 나지 않는 복자(伏子)라 하여 불리는 무림명. 그의 실력은 홍수안과 크게 차이가 나지 않는다.

그럼에도 불구하고 그는 묵묵하게 비질을 하고 있었다.

그렇게 몇몇은 한 시진을 충실하게 비질을 했다. 그런 그들을 보고 홍수안이 투덜거렸다.

"젠장. 그렇게 하면 뭐가 된다고. 무림에서 중요한 건 실력이야, 실력."

그의 말에 누군가가 답한다.

"그렇지. 당연히 실력이지. 하지만 문파에서 중요한 건 실력보다는 문파를 아끼고 사랑하는 마음이지. 안 그래?"

조롱을 하고 시비를 거는 듯한 말투에 홍수안이 발끈하여 뒤를 돌아보며 소리쳤다.

"어떤 새끼야!"

자운이 친절하게 웃으며 답해주었다.
"나란 새끼다. 왜?"
"처, 철혈난신!"
자운을 알아본 그가 말을 더듬었다. 독왕조차도 한 수 접어 줄지도 모른다는 철혈난신에게 어떤 새끼라고 하다니, 단칼에 목이 날아가도 할 말이 없으리라.
하지만 자운은 그다지 신경 쓰지 않는 듯했다. 그들을 향해 걸어오는 자운의 품에는 당과가 가득 들려 있었다.
"청소들 열심히 하고 있었나? 상을 주려고 이렇게 당과를 가져왔는데."
그 말에 홍안도가 중얼거렸다.
"우리가 무슨 여섯 살 먹은 꼬맹이인 줄 아시오? 당과라니? 그리고 이런 청소로 문파에 대한 마음을 어떻게 알아본다는 말이오?"
그 말에 자운이 피식 웃었다.
"그러지 마라. 여섯 살짜리가 우리 문파의 안주인이 될 수도 있으니까."
그 말에 뒤따라오던 운산이 크게 소리쳤다.
"대사형!"
무슨 일인가 싶어 뒤늦게 합류한 설혜가 자운의 말을 듣고는 운산을 향해 감정이 전혀 없는 표정으로 물었다.

네가 뭘 알겠냐. 거기는 괴물이 있단 말이지

"문주, 변태?"

운산이 소리쳤다.

"아닙니다!!"

자운이 웃으며 손을 흔들었다.

"알았다, 알았어. 지금은 아니니까 그만하도록 하고. 그리고 문파에 대한 마음을 어떻게 알아보냐고?"

자운이 휙 당과를 던졌다. 서른 개나 되는 당과가 허공을 날아 그들의 앞에 떨어졌다.

정확하게 그들에게 배정된 청소할 부분이었다.

한 평 남짓한 크기로 청소할 곳이 배정되었고, 당과가 그 안으로 정확하게 떨어진 것이다.

허공섭물의 조절이 신기에 이른 것을 알 수 있는 모습에 그들이 입을 떡 벌렸다.

이전에 빗자루 서른 개를 한 번에 당기는 모습을 보았으나, 이것은 그것과는 또 다른 모습이었다.

놀라는 그들을 뒤로하고 자운이 천천히 말했다.

"주워 먹어."

자운의 말에 홍수안이 발끈하며 소리쳤다.

"아무리 무림에 이름 높은 철혈난신이라고 하나 이건 너무 하는 것 아니오!"

"왜, 니들이 깨끗하게 청소했으면 먹을 수 있는 거 아냐?"

"그게 말이나 되는 소리요?"

자운이 피식 웃었다.

"니들이 왜 못 먹는지 말해줄까? 제대로 청소를 안 해서 그래. 저기 먹는 애들도 있잖아."

자운이 손으로 가리킨 곳에는 맹호복자 척우경을 필두로 한 몇이 당과에 묻은 모래를 털어버리고 입으로 집어넣고 있었다.

"물론 니들 말대로 억지일지도 모르지. 하지만!!"

자운이 단호하게 소리쳤다.

"니네 문파가 될지도 모르는 곳이다. 그런데 그런 문파의 청소 하나 제대로 못하면서 무슨 문파에 가입하겠다는 거냐. 아까 네가 말했지, 중요한 것은 실력이라고. 그리고 나는 답해주었다."

문파에서 더 중요한 것은 문파를 아끼고 사랑하는 마음이라고. 자운의 말에 그들은 아무런 말도 하지 못했다.

자운이 맹호복자와 당과를 먹은 다른 이들을 보고 말했다.

"너희들은 이제부터 황룡문의 문도다. 그리고 니들은 아니야."

자운이 마지막으로 그들을 향해 말했다.

"꺼져!"

*   *   *

 자운이 만족스러운 눈으로 서류를 넘겼다. 본래는 운산이 확인해야 하는 서류인데, 문파의 규모가 커짐에 따라 총관과 문주만으로 모든 서류를 처리하기에는 조금 힘들어졌다.

 그래서 자운도 역시 서류를 확인하고 있는 것이다.

 확실히 자운이 처음 황룡문으로 돌아왔을 때에 비해 그 규모가 상당히 성장했다.

 지금 황룡문의 제자는 오십에 다다르고 있고, 이대로 계속해서 이어진다면 머지않아 세 자릿수에 다다를 것이다.

 자운이 만족스럽게 미소를 지었다.

 "그래, 나쁘지 않은 속도네. 역시 개새무적 고수가 있는 문파는 성장 속도도 다르구나."

 자운이 서류를 탁 덮고 자리에서 일어나려 했다.

 그런 그를 운산이 붙잡았다.

 "대사형."

 자운이 고개를 홱 돌려 귀찮다는 눈으로 운산을 바라본다.

 "아, 왜? 할 거 다 했으니 이제 좀 가서 쉬어야 하는 거 아니야? 이건 불공평한 노동이 분명하다고. 할 일 다 했는데 이게 뭐야? 나에게도 휴식을 달란 말이지."

 자운이 탕 소리가 나게 탁자를 때렸다. 하지만 운산은 전혀 움츠러들지 않고 자운의 옆에 놓인 서류를 탁 쳤다.

"여기 아직 대사형 몫이 남아 있습니다. 그렇게 자기 거 아닌 척 벗어나려 해도 소용없어요."

자운이 침음성을 흘리며 자리에 앉았다.

"쳇. 젠장. 알고 있었냐?"

운산이 고개를 끄덕였다.

"물론요."

"아아, 빌어먹을."

자운이 다시 서류를 넘겼다. 한참 서류를 넘기던 자운이 슬쩍 눈을 움직이며 운산을 바라보았다.

"너 이제 그거 해야 하지 않냐?"

운산이 뭘 말하는 것이냐는 눈빛으로 자운을 쳐다보며 묻는다.

"뭘 말입니까?"

"정식으로 황룡문의 문주가 되었으니 취임식을 해야지, 취임식을."

자운의 말에 운산이 놀라 반문했다.

"취임식이요? 이제 문파의 기틀이 다시 잡혀가고 있는데 그런 곳에 쓸 돈이 어디 있습니까. 좀 더 문파의 내실을 다진 다음에 취임식을 해도 늦지 않습니다."

자운이 고개를 절레절레 흔들었다.

"누가 너 좋으라고 취임식 하는 줄 아냐? 물론 문파의 내실을 닦는 것도 중요하지만, 취임식이라는 게 생각보다 많은 의미를 지니지."

운산은 조용히 자운의 다음 말을 기다렸다.

"다른 문파의 사람들을 초청해서 우리 문파가 이 정도로 자랐다는 것을 보여주는 동시에, 우리 문파에 다른 문파가 옴으로 해서 우리는 이러이러한 문파들과 우호적인 관계를 맺고 있다는 걸 무림에 대외적으로 드러낼 수 있지."

"우리 문파와 우호적인 관계를 맺고 있는 문파요?"

자운이 고개를 갸웃했다. 황룡문은 이제 커가고 있는 문파다. 물론 그들의 대사형 철혈난신의 이름이 워낙 거대하기는 하지만, 황룡문 하나만 놓고 본다면 아직 성장 중이다.

그런 성장에는 다른 문파와의 우호적 관계도 중요하다. 하지만 황룡문은 지금까지 그 어떤 문파와도 우호적인 관계를 맺은 적이 없다.

운산의 말에 자운이 피식 웃었다.

"물론 공식적으로야 없지만 부르면 올 문파는 많지."

자운의 말에 운산이 의문을 보였다.

"……?"

운산의 표정에 자운이 어깨를 으쓱해 보인 후 한쪽 벽에 걸려 있는 천하도(天下圖)를 손가락으로 짚었다.

그의 손가락이 향해 있는 곳. 가장 먼저 그의 손가락이 향해 있는 곳은 같은 동도라고 할 수 있는 섬서의 화산파였다.

"매화검선의 죽음, 그 범인을 알아낸 게 누구였더라? 당연히 나지."

자운이 한껏 가슴을 벌려 보인다. 자부심이 당당하게 드러나는 듯한 자세. 자운이 그런 자세로 계속해서 말을 이어나갔다.

"이 잘나신 몸 덕분에 화산은 흉수에 대해서 알게 되었지. 아마도 어느 정도 고마운 감정을 가지고는 있을 거야. 그게 없다고 해도 흉수를 찾아내는 데 도움을 준 사람이 나와 걸왕이라는 사실은 변하지 않아. 부르면 올 수밖에 없지. 그리고 다음은."

자운의 손가락이 다시 움직였다. 이번에 자운의 손가락이 누르고 있는 곳은 바로 개봉이었다.

개봉에는 개방의 총타가 있다.

"걸왕은 내가 부르면 와."

운산이 말도 안 된다는 표정으로 물었다.

"그건 무슨 근거 없는 자신감입니까?"

자운이 당당하게 고개를 흔들며 주먹을 이리저리 휘둘렀다.

"내가 부르면 온다니까. 내가 괴걸왕이랑 좀 친해졌어."

네가 뭘 알겠냐. 거기는 괴물이 있단 말이지

"언제요?"

"저번에. 뭐, 내가 부르면 온다고. 그렇게 알아두고, 마지막으로 당가."

자운이 사천 성도를 손가락으로 쿡 눌렀다. 그리고는 운산을 향해 씨익 웃어 보인다.

"네 약혼녀가 있는 곳이지. 부르면 독성이 달려온다?"

운산이 크게 소리쳤다.

"대사형!"

자운이 한 손으로 귀를 막고 고개를 끄덕거렸다.

"아무리 부인해 봐야 소용없어. 이미 독성이 무림에 소문을 내기 시작했다고. 빼도 박도 못할 거야. 나이 차? 나이 차가 걱정되어서 그래?"

자운이 빙긋 웃으며 묻자 운산은 아무런 말도 하지 않았다.

"괜찮아. 키워서 잡아먹으라니까. 한 십 년, 십오 년 후의 네 나이를 생각해 봐. 그 나이에 이렇게 어린 부인이라니. 이야! 너, 복 받았다."

자운이 만족스럽게 손바닥을 짝짝 쳤다.

"자, 화산이 오고 걸왕이 오고 독성과 당가가 온다. 덤으로 네 약혼녀도 오고. 이 정도면 무림에 황룡문의 위세를 알리기에는 충분하겠지?"

"그거야 대사형의 말이 모두 사실이라는 전제가 있어야겠지요."

자운이 고개를 끄덕였다.

"물론 사실이지. 내가 이런 걸로 거짓말해서 뭐하냐. 밥이 나오냐, 떡이 나오냐, 고기가 나오냐? 아무것도 안 나오지. 그러니까 이런 걸로는 거짓말 안 해."

할 말이 없어진 운산은 아무런 말도 하지 않고 침묵을 지켰다. 자운이 총관에게 명령을 내렸다.

"지금 당장 화산이랑 당가, 그리고 개방에 보낼 서신을 작성해."

전서구가 높게 날았다.

총 세 마리의 전서구가 각기 시간의 차이를 두고 황룡문에서 날아갔고, 가장 가까운 곳은 섬서의 화산이었다.

황룡문에서 거리가 멀지 않아 가장 먼저 도달했고, 그 뒤를 이어 개봉과 성도에 각기 전서구가 내려앉았다.

쾅—

걸왕이 총타 방장의 방을 발로 차며 들어왔다. 현 개방의 방주 주걸개가 자리를 박차며 일어나 물었다.

"사제는 잡았습니까?"

그 말에 걸왕이 괴장을 들어 방주의 머리를 내려치려 했다. 본래 한 방의 방주라 하면 그 지위가 방에서 가장 높아 아무리 태상방주라 할지라도 쉬이 대할 수 있는 것이 아니다.

하지만 이 개방에서는 예외로 친다.

개방은 본디 자유로움을 추구하는 자들이다.

재물과 허례허식에서 벗어나 자유를 만끽하는 소위 거지들의 집단. 그 안에서도 어느 정도의 위계질서가 잡혀 있기는 하지만, 다른 문파들에 비해서는 월등히 그 질서 구조가 약하다.

또한 걸왕이 누구던가. 정파 사상 유례가 없을 괴(怪) 자를 별호에 달고 있는 인물이지 않는가.

그런 그가 방주라고 해서 때리지 못할 이유가 없다.

'내 제잔데!'

걸왕의 괴장을 주걸개가 옆으로 스르르 물러나며 피했다.

쓰쓰쓰—

발끝이 바닥을 스치는 소리가 나고, 걸왕이 눈을 치켜떴다.

"이놈이 피해?"

그의 괴장이 단번에 꺾어지며 방주의 뒤통수를 후려쳤다.

"캐액!"

방주가 대번에 앞으로 구른다. 그의 실력이 개방도 중에서 출중하다고는 하나, 감히 그의 사부가 펼치는 몽둥이질을 피하기는 쉽지 않다. 그도 그럴 것이, 그의 사부인 괴걸왕은 기괴한 행적을 제하더라도 본신의 무공 실력만으로 무림에서 손꼽히는 강자가 아니던가.

그가 바닥을 한차례 굴렀다 단번에 몸을 일으키며 소리쳤다.

"사제를 잡았냐고 물었는데 왜 때리시는 겁니까!"

그가 그의 사부에게 버럭 대들었다. 그러자 괴걸왕의 괴장이 다시 움직인다.

"이놈아, 내가 잡았으면 널 때리겠냐. 못 잡아서 화가 나니 때리지."

따악—

괴장이 다시 주걸개의 머리통을 후려쳤다. 주걸개가 필사의 노력으로 힘을 비껴내었다. 다행히 충격이 크지 않아 바닥을 구르는 일은 일어나지 않았다.

하지만 그 행동이 오히려 괴걸왕의 화를 불렀던 모양이다.

"이놈이 또 피하네, 또 피해?"

빠악—

주먹이 정통으로 주걸개의 얼굴을 후려쳤다. 주걸개가 비명을 지르며 뒤로 굴렀다.

주걸개의 얼굴을 후려치는 것으로 화가 풀린 탓일까. 괴걸왕이 바닥에 털썩 주저앉고, 주걸개가 얼얼한 얼굴을 매만지며 괴걸왕의 맞은편에 앉았다.

"이번에도 사제가 도망갔나 보군요."

네가 뭘 알겠냐. 거기는 괴물이 있단 말이지

걸왕이 고개를 끄덕이며 침을 뱉었다. 날이 갈수록 경공 실력만 높아지고, 거기다 거지답지 않은 행동까지, 정말 걸왕의 속을 태우는 제자가 아닐 수 없다.

"늘그막에 얻은 제자 하나가 그리도 속을 썩이니. 클클클."

그래도 나쁘지는 않은지 걸왕의 얼굴에 미소가 퍼져 나갔다. 그나마 사는 재미를 느끼게 해주는 녀석이다. 걸왕이 웃을 동안 주걸개는 품속에서 서신 하나를 꺼내 그의 앞으로 내려놓았다.

걸왕이 이게 뭐냐는 듯 집어 들고, 걸왕이 그것을 펼치기도 전에 주걸개가 답했다.

"황룡문에서 철혈난신 천 대협이 보낸 서신입니다."

그 말에 걸왕이 서신을 툭 떨어뜨리며 딸꾹질을 했다.

"히끅, 히끅."

떨리는 손으로 다시 서신을 집어 드는 걸왕이 당황한 표정을 짓자 주걸개가 물었다.

"왜 그러십니까?"

걸왕이 도리질을 쳤다.

"클클. 아, 아무것도 아니니 신경 쓰지 마라."

어색한 웃음. 무언가가 있다는 것을 거지 특유의 직감으로 눈치채었지만, 여기서 더 물으면 죽을 수도 있다는 제자 특유의 직감이 뒤를 따랐다.

'이크, 여기서 더 물으면 안 되겠다.'

주설개가 그런 생각을 하든 말든 걸왕은 서신을 계속해서 읽어 나갔다.

주걸개의 얼굴이 점점 딱딱하게 변하고 손이 사시나무 떨리듯 떨리기 시작한다.

서신을 읽는 것이 숨에 찼던 것인가, 그가 서신을 탁자 위에 탁 내려놓으며 중얼거렸다.

"가야 하나."

그 말에 주걸개가 걸왕을 향해 묻는다.

"무슨 내용이 있었습니까?"

걸왕이 고개를 으쓱해 보인다.

"황룡문주 취임식을 한다고 오라고 하는데, 가야 할까?"

황룡문은 현재 다시 세를 불려 나가고 있는 신흥 정파다. 그 규모나 문도의 수로 본다면 개방 정도 되는 거대 문파가 참석을 해야 할 리가 없다.

하지만 그곳에는 정파의 절대자들과 어깨를 나란히 할 만한 고수 철혈난신이 있다.

가야 할지 가지 말아야 할지 결정하기 난감한 상황. 주걸개가 조심스럽게 의견을 꺼내었다.

"개방에서는 따로 사람을 보내겠습니다. 그러니 사부님께서 직접 나서실 필요는 없지 않겠습니까. 아마도 예의상 보낸 게 아닐까 합니다."

일반적인 경우라면 그러하다.

하지만 자운은 일반적인 경우에서는 분명히 예외로 쳐야 할 것이다.

괴걸왕이 한숨을 푹 내쉬었다.

"네가 뭘 알겠냐. 거기는 괴물이 있단 말이지. 쩝쩝."

물론 사천당가에도 전서구는 도착했다. 전서구가 도착했을 당시, 독왕은 손녀의 재롱을 보느라 정신이 없었다.

"할아버지, 이렇게 하면 나 이뻐?"

이제 여섯 살 난 당소미가 그의 앞에서 이리저리 뛰어다니며 재롱을 부렸다. 그녀의 손에는 암기가 들려 있었는데, 독왕이 직접 들려준 것들이다.

모두 당가의 특별한 방법으로 만들어져 밖에서는 쉬이 구할 수 없는 것. 당소미가 그것들을 던졌다.

촤르르륵—

허공을 암기들이 가르고, 그대로 날아가 나무에 일자로 박혔다.

따다다닥—

독성이 그 모습을 보고 손뼉을 쳤다.

"옳지, 옳지! 잘하는구나, 우리 소미. 잘했다, 잘 했어."

소미가 고개를 끄덕였다.

"헤헤. 그러니까 이거 하나 보여주면 우리 가가가 도망 못 간다는 거지?"

독왕이 고개를 끄덕이며 답했다.

"그렇지. 도망간다고 하면 놈의 바로 옆에 있는 벽에다 이렇게 바늘을 던져 버리거라. 허허. 그러면 절대로 도망가지 못하지. 그리고 할아버지가 어떻게 말하라고 했지?"

"음, 아, 이렇게 말하라고 했어!"

소미가 한동안 생각에 잠기었다가 독성이 했던 말을 떠올렸다.

"가가, 바람피우지 마세요. 다음에는 독이 묻어 있을 거예요."

독성이 고개를 끄덕였다.

"옳지, 옳지. 좋다. 그렇게 하는 거란다, 소미야. 허허허허."

독성이 웃자 재롱을 부리던 당소미 역시 웃었다. 그런 그들의 앞으로 가문의 일원 중 하나가 빠르게 뛰어와 독성에게 전서를 들려주었다.

독성이 황룡문에서 보내온 서신이라는 것을 확인하고는 가볍게 눈살을 찌푸렸다.

'설마 그 괴물이 보낸 건가?'

찜찜한 마음이 들지만 열어보지 않을 수도 없다.

서신의 겉면에는 선명하게 황룡문의 문주를 상징하는 인이 찍혀 있었기 때문이다. 물론 독왕이 황룡문 소속은 아니었지만, 황룡문의 문주와 관련이 있었다.

현 황룡문의 문주 운산이 바로 그의 손녀사위이다.

지금 눈앞에서 재롱을 부리고 있는, 이제 여섯 살 난 손녀의 남편이 될 사람이며, 동시에 알려지지는 않았지만 굉장한 실력의 후기지수이기도 했다.

그가 조심스럽게 서신을 펼쳤다. 그리고는 눈을 움직이며 읽어 내려가기 시작한다.

일각이 조금 안 되는 시간이 흘렀을까, 그가 손뼉을 짝 치며 서신을 내려놓았다.

또한 동시에 소리쳤다.

"소미야, 네 서방 보러 가자!"

그 말에 당소미가 쪼르르 달려오며 물었다.

"우리 가가?"

第三章

이백 년 전 적성과의 싸움에서 사라진
북해빙궁의 마지막 후인이다

황룡난신

자운이 가부좌를 튼 채 의식을 내면 깊은 곳으로 끌어당겼다. 고수의 반열에 오른 자들에게 중한 것은 육체적인 수련도 있지만, 그에 비견될 정도로 중한 것이 내면의 수련이었다.

의식이 내면 깊은 곳으로 침전되고, 그의 의식이 신경을 관할하는 척추를 타고 내려가 단전으로 뻗어 나갔다.

가장 먼저 주인을 반긴 것은 환영하듯 물결치는 대해와 같은 내공이었다.

자운의 의식이 내공 사이를 헤엄치고, 그의 의지를 아는 듯 내공이 길을 내어주었다. 그 길 사이로 자운이 단전 깊은 곳까지 내려갔다.

우우우—

그곳에 있는 것은 똬리를 틀고 있는 거대한 뱀, 아니, 뱀이라고 하기에는 너무 화려하고 빛이 나는 용이었다.

황룡(黃龍).

'역시 황룡무상십이강.'

자운이 고개를 미미하게 끄덕였다.

생각했던 바와 다르지 않다. 황룡문의 심법은 본디 그 힘이 황룡을 이루는 것에 있다. 그리고 그 부분이 중점화된 것이 황룡문의 직계제자들이 배우는 심법이었다.

그리하여 이룰 수 있는 것이 황룡무상십이강, 다른 말로는 황룡무상십이법이었다.

자운이 이번에 깨운 것은 그중 일룡(一龍)이자 일법(一法)이라 불리는 패도(覇道)의 법이었다.

황룡은 적의 팔을 물고 다리를 찢으며 몸통을 씹어 내장을 삼킨다.

그것이 구현화된 패도일변도의 무공이라 할 수 있었다.

자운이 황룡을 바라보자 거대한 대해 속에 똬리를 틀고 있는 황룡이 낮게 울며 자운을 반겼다.

그런 황룡의 똬리 사이로 또 하나의 여의옥이 보인다.

저것이 깨어지면 황룡무상십이강의 십이법(十二法) 중 제

이법이 깨어날 것이다.

자운이 의식을 움직여 여의옥으로 향했다. 그리고는 가볍게 두드렸다.

들리지 않을 소리가 들려온다.

마치 거대한 새의 알을 두드리는 듯한 소리. 그 소리로 말미암아 두께를 재어보건대, 아직 이법이 깨어나기까지는 많은 시간이 필요할 듯했다.

'영감이 팔법까지 올랐었지.'

황룡문의 황룡무상십이강을 십이법까지 깨운 이는 개파조사를 제외하면 단 하나도 없었다. 대부분의 문주들은 일법도 깨우지 못했고, 자운의 스승만이 개파조사의 뒤를 이어 팔법에 이르는 데 성공했다.

그리고 이백 년의 세월을 격해 그의 제자인 자운이 일법을 깨우는 데 성공했다. 자운이 자신의 황룡을 가볍게 쓰다듬으며 사부의 모습을 떠올렸다.

여덟 마리의 황룡을 몸에 줄기줄기 휘감고 적과 맞서던 절대의 신위. 자신도 사부에 닿을 수 있는 첫걸음을 밟은 것이다.

하지만 아직 부족하다. 황룡무상십이강은 정확하게 말하자면 무공의 경지라기보다는 발현. 당시의 자운의 사부가 강한지 지금의 자운이 강한지는 비교해 볼 수 없지만, 자운은 그렇게 생각했다.

'조금 더 노력을 해야겠군.'

그 생각을 끝으로 자운의 의식이 표면 위로 떠올랐다.

천천히 눈을 뜬 자운이 만족스러운 미소를 지었다.

"나쁘지 않네."

* * *

자운이 직접 서신을 작성한 당가와 화산, 그리고 개방을 제외하고도 황룡문에서는 몇 곳의 문파에 서신을 더 보냈다. 그 크기나 규모로만 본다면 아직까지 약소 규모를 벗어나지 못한 지방 문파. 본래대로라면 초청장을 받은 이들이 대부분 조심스럽게 거절 의사를 표했을 것이다. 조금 더 큰 문파였다면 대놓고 거절 의사를 표했을지도 모른다.

하지만 황룡문은?

놀랍게도 모든 문파가 참석할 의사를 표했다. 그중 첫 번째 이유는 자운이었다.

철혈난신, 스물 중후반으로 보이는 외모로 기껏해야 후기지수로 꼽힐 모습을 하고 있지만 속은 엄청난 무위를 가지고 있는 이다.

절대의 경지에 이른 고수와 비교해도 절대로 뒤지지 않는 무공. 그 무공은 이미 당가에서의 일로 입증된 바가 있었다.

독성이라 하면 이 시대를 대표하는 정파의 고수 중 하나다. 그런 그와 비등한 무력이라고 한다면 자운의 무공 역시 하늘에 닿아 있다는 말이다.

그런 그와 친분을 맺으려는 문파는 많았다. 자운 정도 되는 고수와 친분을 맺어서 득이 될 것이 있으면 있었지 실이 될 것은 없었기 때문이다.

다른 하나는 당가와 걸왕의 존재였다.

당가의 독성이 황룡문에 참석할 의사를 밝혔고, 걸왕마저 참석할 의사를 표명한 상태에서 대부분의 문파들은 감히 거절할 생각을 하지 못했다.

다른 이들이 참석 의사를 밝혔다면 크게 문제가 되지 않을 것이다. 하지만 독성과 걸왕이 참석 의사를 밝힌 자리에 참석하지 않는다면 그들의 위상이 무너지게 된다.

거기까지 생각한 여러 문파의 문주들은 서둘러 황룡문의 문주 취임식에 갈 채비를 서두르기 시작했다.

여기저기서 속속들이 날아드는 답신을 보고 만족스러운 듯 자운이 고개를 끄덕였다.

"역시, 이름 좀 있는 것들을 불러줘야 위신도 서고, 좋은 게 좋은 거라니까."

이 정도면 꽤나 성대하게 문주 취임식을 보일 수 있을 듯하다. 그리고 이번 기회를 통해서 황룡문이 아직 죽지 않았음을 공식적으로 무림에 보여 부흥을 위한 날갯짓을 본격적으로 시작할 수 있을 것이다.

자운이 슬며시 미소를 지으며 조용히 중얼거렸다.

"하늘로 날아오를 준비를 해야지."

천하제일문, 조금씩 그곳을 향해 날아오를 황룡이 태동하고 있었다.

* * *

허공을 수놓던 얼음 알갱이가 단번에 설혜의 검 속으로 빨려들어 갔다. 그와 동시에 그녀의 검이 검갑 속으로 갈무리된다.

착.

눈보라가 대번에 검갑 속으로 빨려들어 가고 허공중에 휘날리던 얼음 알갱이가 모두 사라졌다.

그녀가 주시하고 있는 전방에는 탈진한 채로 바닥에 쓰러져 있는 우천과 운산이 있었다. 둘 모두 검기지경에 오른 고수로서, 나이에 비해 굉장한 실력을 지녔다 할 수 있었지만 설혜에게는 새 발의 피.

그야말로 조족지혈이었다.

자운이 셋의 비무를 바라보고 있다가 박수를 짝짝 쳤다.
"잘했다. 역시 대단해."
자운의 입에서 칭찬이 나오려는 것일까? 운산과 우찬이 자운을 바라보았다.
"역시, 단 한 번을 스치지도 못하다니, 정말로 대단하게 약하네."
그럼 그렇지. 자운의 입에서 칭찬의 말이 흘러나올 리가 없다.
"어떻게 그렇게 한 번을 못 스치냐. 물론 설혜 실력이 월등히 우월한 면도 있지만, 결론은 너희가 약하기 때문이지."
자운이 손뼉을 짝 쳤다.
"그리고 운산, 넌 조용한 곳 가서 나랑 이야기 좀 하자."
자운이 고개를 휙 돌렸다. 그리고는 황룡문의 인적이 드문 곳을 향해 걸음을 옮기기 시작한다.
그러다가 뒤를 돌아보고는 운산을 향해 말했다.
"안 따라오고 뭐하는 거냐?"

자운과 운산은 문주의 집무실로 들어갔다. 이전에는 자운이 사용하던 방이지만, 이제는 운산이 사용하고 있었다.
문주의 집무실인 만큼 황룡문의 대소사에 관련된 문서들이 이리저리 놓여 있고, 다른 이들의 왕래가 많지 않아 조용하기 그지없었다.

이야기를 나누기에 나쁘지 않은 장소. 자운이 편하게 자리에 앉으며 운산을 향해 말했다.

"앉아."

마치 자신의 방에 들어온 객에게 말하는 듯한 모습이다. 자주 봐온 모습인지라 운산은 머쓱하게 웃으며 자리에 앉았다.

"사형, 하실 말씀이라는 건……?"

운산의 말에 자운이 탁자를 딱 때렸다.

"너도 잘 알고 있으면서 왜 그래?"

그리고는 손을 휙휙 흔들어 찻주전자를 당겨온다. 찻주전자 안에는 얼마간의 차가 남아 있었고, 자운이 내기를 불어넣어 그 안을 휘저었다.

단번에 강력한 열이 발생하며 차가 데워지고, 그가 찻잔에 차를 쪼르르 담아내었다.

첫잔은 자신의 앞에 놓고, 두 번째 잔은 운산의 앞에 놓는다.

"후르릅."

운산이 차를 한 모금 마시고는 감탄사를 토했다.

"캬아, 좋다."

차를 맛있게 잘 마시는 자운에 비해 운산은 눈앞에 놓인 차를 계속해서 바라보고만 있었다.

자운이 다시 한 번 그를 향해 말했다.

"너도 잘 알고 있잖아, 네 문제가 뭔지."

여전히 말이 없는 운산. 자운은 그것이 너무도 문제를 잘 알아서 그렇다는 것을 알고 있었다.

"너 지금 굉장히 조급하지?"

자운의 말에 운산이 움찔 움직였다. 설혜와의 비무에서 조급해하는 운산의 검이 분명히 보였다.

막을 수 있는 검인데도 조급한 움직임 탓인지, 조급해하는 생각 탓인지 쉽게 막지 못했다.

"그래도 검기지경에 올라서 사제보다는 조금 더 강하다고 생각했는데, 사제가 검기지경에 올라 버리니 조급해지는 건 당연하지."

자운이 자신의 찻잔을 비워내었다.

운산과 우천, 둘은 사형제지간으로 엮여 있다고는 하나, 어린 시절부터 서로를 가장 많이 보고 함께 수련한 사이이기도 하다.

경쟁심이 생기는 것이 당연했다. 더군다나 운산은 우천의 사형이 아닌가.

사형으로서 사제를 이끌어주지는 못할망정 비등한 실력이 되어버렸다.

이전에는 둘 다 무공이 너무도 허약하여 그런 감정이 들지 않았는데, 무공이 강해지면 강해질수록 그런 감정이 강하게 들었다.

자운이 손끝으로 가볍게 찻잔을 튕겼다.

따앙 하는 소리와 함께 찻잔이 제법 큰 소리로 튕겨지고, 그 소리에 깜짝 놀란 운산이 고개를 벌떡 들어 자운을 바라보았다.

"조급해 봐야 좋은 거 하나도 없다. 본래 무공의 경지가 한 번에 상승하는 건 정말로 드문 일이야."

그래서 그런 일을 달리 기연이라고 한다. 영약이나 영물, 천고의 무공만이 기연을 의미하는 것은 아니다. 불가에서 말하는 돈오(頓悟)와 같은 깨달음, 그런 깨달음으로 단번에 무공이 상승하는 것 역시 기연의 한 갈래였다.

"무림인이 기연, 기연 찾으면서 지랄해 봐야 돌아오는 건 죽음뿐이야."

무림인은 기연으로 이루어지고, 기연으로 고수가 되는 존재가 아니다.

"무림인은 노력으로 쌓고 경험으로 이루어지는 존재다. 기연이 다가오기를 바라지 말고 그 시간에 조금 더 노력을 해라."

자운이 자리에서 일어났다.

"눈앞에 벽을 만나면 단번에 허물 생각으로 돌진하지 마

라. 아주 조금씩 조금씩 허물어 나가다 보면 언젠가는 무너지는 것이 벽이니까."

자운이 미련없이 방을 빠져나왔다. 탁 하는 소리와 함께 문이 닫히고, 자운이 운산이 듣지 못하게 작은 소리로 중얼거렸다.

"역시 이런 건 체질에 안 맞아."

자운이 멀어지며 이리저리 주먹을 휘둘렀다.

"어디 또 때려 부술 것들 없나?"

취임식 준비는 무리없이 진행되었고, 시간은 빠르게 흘렀다. 취임식 당일이 되자 황룡문의 입구에는 많은 사람들이 몰려들었고, 내부도 마찬가지였다.

대부분 순수한 의도로 왔다기보다는 철혈난신이라는 자운과의 친분, 그리고 독성과 걸왕에 의해서 반 타의적으로 움직인 이들이었다. 그래도 그 수는 결코 적지 않았다. 자운이 원한 대로 규모있는 취임식을 진행할 수 있을 정도였다.

사실 취임식에 대외적으로 인사를 초청하는 문파는 그리 많지 않았다.

있다면 소림 정도다. 그 외에는 군소 방파끼리 어울려 취임식을 하게 마련이다. 소림을 제외하고 이토록 많은 이들이 취임식을 축하해 주러 온 문파는 무림 역사를 통틀어서도 많지 않을 것이다.

운산은 취임식이 진행되는 와중에도 얼떨떨한 표정을 숨기지 못했다.

으레 있는 취임식 행사가 진행되는 과정에서 단연 빼놓을 수 없는 것은 무림명숙들의 축하말이다.

독성은 공개적인 자리에서 운산을 향해 내 손녀사위라는 말을 사용해 많은 이들을 놀라게 했으며, 또한 걸왕은 자운의 눈치를 보느라고 계속해서 눈을 힐끔거렸다.

그 외에도 구파의 많은 이들이 찾아왔는데, 놀라운 것은 그들 모두가 구파의 장문인이라는 사실이었다. 심지어는 소림의 방장까지 왔다.

어찌 된 영문인지는 알 수 없었으니 자운이 그들을 주시하는 것은 당연. 그런 자운의 시선을 아는지 모르는지 계속해서 취임식은 진행되었다.

취임식이 진행되는 와중에 자운이 걸왕을 향해 전음을 보냈다.

[야, 기껏해야 장로들이 올 줄 알았는데 구파의 장문인이 전부 다 몰려온 건 도대체 무슨 일이냐?]

아무리 생각해도 이유를 알 수 없다. 고개가 빳빳하기로 유명한 것이 구파인데, 그들의 장문인이 모두 황룡문 문주의 취임식에 왔다는 사실은 다른 무림인들로서도 이해하기 힘든 일이었다.

자운의 시선이 그들을 좌르륵 살폈다. 그들 중 몇이 자운의 시선을 의식한 것인지 불편한 헛기침을 했다.

"흠흠."

자운이 속으로 피식 웃으며 걸왕의 답을 기다렸다.

'제까짓 것들이 불편하면 어쩔 거야.'

곧이어 걸왕의 답이 들려왔다.

[흘흘. 말하려고 했는데 먼저 물어보시니…….]

걸왕이 뜸을 들였다. 자운이 주먹을 가볍게 말아 쥐고 바닥을 퉁 때렸다.

바닥을 타고 내려간 암경이 단번에 걸왕 아래에서 솟구쳤다

"캑."

갑작스럽게 걸왕이 신음을 흘리자 황룡문에 모인 많은 무림인들의 시선이 걸왕을 향했다. 걸왕이 쓰린 엉덩이를 문지르며 인상을 쓰고 있다가 그 시선들을 의식했다.

그가 괴걸왕답게 소리쳤다.

"흘흘. 뭘 꼬나들 보나!"

괴걸왕이 살벌한 시선을 내리깔자 그 시선을 마주친 무림인들이 시선을 돌렸고, 자운이 싱글싱글 웃으며 다시 걸왕에게 전음을 보내었다.

이백 년 전 적성과의 싸움에서 사라진 북해빙궁의 마지막 후인이다 87

[죽을래? 뜸 들이지 말고 빨리 말해라.]

자운의 말에 걸왕이 속으로 인상을 썼다.

'저건 악마가 분명하다, 악마가.'

하지만 또 뜸을 들이다가는 언제 바닥에서 암경이 날아올지 모른다.

[얼마 전 무당의 태허 진인이 쓰러졌습니다.]

자운이 걸왕의 눈에 보일 정도로 고개를 끄덕였다.

[나도 들어서 알고 있어. 이번에도 적성이라는 놈들이 나섰다며?]

걸왕이 고개를 끄덕인다.

[놈들이 어디 있는 줄 알기만 하면 구파가 나서서 놈들을 잡아들일 텐데, 본거지가 어디 있는지도 알 수 없는 워낙 신출귀몰한 녀석들이라…….]

[그건 이백 년 전에도 그랬어. 덕분에 끝을 보지 못했지. 꼬리만 자르고 도망갔으니. 이번에도 놈들을 완전히 처리하지 못하면 다음에 또 튀어나올걸?]

그 말에 걸왕이 신음을 흘렸다. 적성이라는 단체가 얼마나 거대한지는 모른다. 그저 알고 있는 사실이라곤 역사에 기록된 사실일 뿐. 그마저도 적성의 모든 힘이 아닐지도 모른다.

당시 무림에 의해서 괴멸에 가까운 피해를 입었다 했는데 고작 이백 년 만에 과거와 비견될 정도로 성세를 다시 키운 것이다. 그러니 그 저력이 어디까지인지 가늠하기란 쉬운 일이 아니었다.

[계속 말해봐. 태헌가 뭔가 하는 영감이 쓰러진 거랑 저 양반들이 여기로 찾아온 거랑 무슨 상관인데?]

자운의 말에 걸왕이 침음을 흘리면서도 계속해서 전음을 보내었다.

[하여 놈들이 어디 있는지 찾을 수 없다면 놈들이 모습을 드러낼 때까지 철저하게 준비를 하자는 말이 구파의 장문인들 사이에서 나왔습니다. 흘흘흘.]

자운이 시큰둥하게 말했다.

[연합이라도 하려고?]

자운의 말에 걸왕이 어떻게 알았냐는 듯 눈을 치켜뜬다. 자운이 그의 말에 친절하게 답해줬다.

[이백 년 전에도 그랬으니까. 그럼 취임식으로 눈을 가린 건가?]

걸왕이 고개를 끄덕였다. 과연 이백 년을 산 노괴물. 머리 회전이 빨랐다.

구파의 장문인들이 모두 한 자리에 이유없이 모인다면 바보가 아닌 이상 적성의 귀에도 그 사실이 들어갈 것이다.

그리고 그들은 어렵지 않게 연합이라는 결론을 내릴 수 있을 것이다.

그리해서 눈가림용으로 사용된 것이 황룡문이었다. 황룡문에는 절대의 경지에 오른 정파의 고수가 버티고 있다. 그의 위신을 세워준다는 명목으로 구파의 장문인들이 한 자리에 모이는 것이다.

[흘흘. 아마도 곧 소림 방장이 선배한테 말을 걸 겁니다.]

자운이 눈을 감으며 고개를 끄덕였다.

'머리 좀 굴렸군.'

확실히 나쁘지 않은 방법이었다.

자운과 걸왕의 이야기가 오가는 동안, 취임식은 끝물로 치달았다. 취임식 후에 벌이는 것은 연회에 가까운 잔치. 황룡문에서는 그간 준비한 음식을 아낌없이 풀었고, 황룡문에 찾아온 많은 이들이 음식과 반주를 들며 시끌벅적한 상황을 만들었다.

그러던 중 아래쪽에 앉은 무림인 하나가 상석에 앉은 설혜를 향해 의문을 표했다.

그가 자리에서 벌떡 일어나 운산을 향해 고개를 숙여 보이며 포권을 취한다.

"산동 제검문(制劍門)의 장로 고덕기라고 합니다."

그가 자리에서 일어나며 포권을 취해 보이자 운산도 포권을 취하려 했다.

그 순간, 자운의 전음이 운산에게로 향한다.

[넌 문주다. 가볍게 고개만 숙여 보여.]

포권을 취하려던 운산은 자신의 행동을 중간에 뚝 멈추고는 자운의 말대로 고개만을 가볍게 까닥해 보였다. 다소 무례해 보일지도 모르나 문주와 장로의 격차를 생각한다면, 또한 현 황룡문의 위신을 생각한다면 하등 문제가 될 정도는 아니었다.

"황룡문의 문주 검운산입니다. 무슨 연유로 자리에서 일어났는지 물어도 되겠습니까?"

운산의 말에 고덕기가 고개를 끄덕였다. 그리고는 그의 시선이 자운의 옆에 자리하고 있는 설혜를 향한다.

자운과 운산이 앉아 있는 자리는 상석이다. 그와 비슷한 배분에 있는 이라고는 같은 황룡문 소속인 우천과 그 외에 걸왕과 독성 등 무림의 절대자들을 비롯하여 구파의 장문인들이 대부분이었다.

한데 그 사이에 얼굴을 알 수 없는 여인이 끼어 있으니 궁금증이 생기는 것도 당연했다.

"상석에 앉아 계신 분들이 무림의 명숙이라는 것은 잘 알고 있습니다. 한데 제 안목이 부족하여 한 분을 잘 알지 못하겠는데 누구신지 여쭈어봐도 되겠습니까?"

자신을 지목한 것이 분명한 말에 설혜의 감정 없는 시선이 고덕기를 향했다. 고덕기가 순간 움찔했고, 운산이 설혜에 대해서 무어라 말해야 할지 몰라 난감한 표정을 지었다.

그 말에 대신 답한 것은 자운이었다.

자운이 피식 웃으며 말했다.

"내 친구야."

고덕기가 그 말에 반문한다.

"철혈난신 천 대협이 무림에 지대한 영향력을 끼치는 절대의 고수라는 사실을 알고 있고, 또한 불철주야 정파의 안녕을 위해 노력하는 분이라는 것은 알고 있습니다."

"금칠도 정도껏 해. 그렇게 띄워주고 나서 뭘 물어보려고? 이제 그만 물어보려는 거나 직설적으로 꺼내지 그래."

자운의 직설적인 화법에 고덕기가 침을 꿀꺽 삼켰다.

"천 대협이 훌륭하신 분이라는 것은 잘 알고 있으나, 단순히 천 대협의 친우라는 이유 하나만으로 정파의 기둥이라 할 수 있는 구파의 장문인들과 같은 상석에 앉는다는 것은 조금은 과한 처사가 아닐까 하는 생각이 듭니다."

자운이 피식 웃으며 눈앞에 놓인 오리 다리를 찢었다. 그리고는 한입 크게 베어 물고 술잔을 비워낸다.

탁—

주변이 고덕기와 자운의 대화로 조용해지는 바람에 술잔을 내려놓는 소리가 유난히 커다랗게 들린다.

자운이 입안에 들어간 오리를 우적우적 씹어 삼키고는 혼 잣말을 꺼내놓듯 입을 열었다.

"물론 내 친우라는 거 하나만으로 상석에 자리하는 것은 과한 처사지. 물론 과한 처사고말고."

자운이 자신의 말에 동조하자 고덕기가 만족스러운 표정으로 고개를 끄덕였다.

하지만 그의 그런 표정은 곧 자운의 다음 말에 형편없이 뭉개지고 말았다.

"그런데 그냥 단순한 친우가 아니라면?"

"예? 그게 무슨 소립니까?"

저 여인이 단순한 친우가 아니라 또 뭔가 있다는 말이 아닌가?

흥미를 유발하는 자운의 말에 많은 이들이 귀를 기울였다. 함께 상석에 자리하고 있는 구파의 장문인들 역시 예외는 아니었다.

젊어 보이는 여성이 자신들과 같은 자리에 있어 신경이 쓰이는 차였는데, 자운이 그녀에 대해서 말하려 하자 집중하는 것이다.

자운이 설혜를 손가락으로 가리켰다.

"얘, 단순히 내 친우 수준이 아니야."

황룡문에 모인 모든 무림인들의 시선이 자운을 향해 집중

이백 년 전 적성과의 싸움에서 사라진 북해빙궁의 마지막 후인이다 93

되고, 자운이 천천히 입을 열었다.
 "이백 년 전 적성과의 싸움에서 사라진 북해빙궁의 마지막 후인이다."

第四章 섬서로 가봐야 하는건가

황룡난신

 자운의 말은 파란을 불러오기에 조금의 부족함도 없었다.
 북해빙궁이 어떠한 곳인가. 이백 년 전, 정체와 연원을 알수 없는 단체인 적성에 맞서던 무림 문파가 아닌가. 물론 세외에 있어 정파라 하기는 힘들지만 정도를 지지하는 문파였다.
 또한 황룡문과 함께 적성에 맞서던 문파다.
 그런 북해빙궁의 후인이 저 여인이라고?
 많은 이들의 시선이 설혜를 향했으나 설혜의 얼굴에는 어떠한 표정도 없다. 감정이 거의 없는 듯한 모습. 빙공을 익힌 이들이 대부분 가지는 특성이기도 했다.

독성이 소리쳤다.

"천 호법, 그게 사실인가?"

자운이 고개를 끄덕인다.

"물론 사실이지."

자운이 고개를 끄덕이며 설혜에게로 시선을 보냈다. 자운의 시선을 받은 설혜가 단전을 자극했다. 서늘한 기운이 풍기는가 싶더니 감히 경시하기 힘들 정도의 냉기가 사방으로 뻗어 나갔다.

그리고 단번에 술병 속의 술이 얼어버린다. 술잔의 술 역시 얼어버린다.

구파의 장문인들은 내공을 세워 막아내었으나, 그렇지 못한 다른 이들의 수염에는 서리가 내린 것처럼 얼음 알갱이가 쌓여갔다.

단번에 주위를 얼려 버리는 빙공의 위력. 이러한 빙공은 북해의 무공이 아니고서는 절대로 보일 수 없는 위력이다. 또한 내공을 개방하면 주변의 얼음 알갱이가 눈보라와 같이 휘날리는 것 역시 북해빙궁의 내공심법인 천설적공법(天雪積工法)의 특징 중 하나다.

세상의 그 어떠한 빙공도 기운을 내뿜는 것만으로 주변에 얼음 알갱이가 휘날리게 할 수는 없다.

있다면 단 하나. 천설적공법의 화후가 육성 이상에 이르게 되면 기세를 개방하는 것만으로도 주변에 자연스럽게 얼음 알갱이가 휘날리게 할 수 있다.

구파의 장문인들이 저마다 헛바람을 들이쉬었다.

정말로 그녀가 북해빙궁의 마지막 후인이었던 것. 적성이 태동하고 있는 이때, 북해빙궁의 마지막 후인이 등장한 것은 천군만마를 얻는 것과 같은 말이었다.

"아미타불, 북해빙궁이 다시 무림에 모습을 드러낸 것은 무림의 홍복이라 할 수 있겠군요."

자운이 정확하게 그의 말을 정정해 주었다.

"글쎄, 설혜가 북해빙궁의 전인인 건 맞지만 북해빙궁이 이 땅에 다시 모습을 드러낸 건 아니야."

매우 아쉽다고 말하는 듯한 말투다. 자운이 고개를 절레절레 흔들며 어깨를 으쓱해 보였다.

자운의 말에 홍우 대사가 반문했다.

"그게 무슨 말이오, 천 대협?"

자운이 설혜를 바라보자 설혜가 고개를 끄덕였다. 자칫 민감할 수도 있는 문제이고, 설혜는 자운이 그 민감할 수도 있는 문제에 대해 말하는 것을 허락한 것이다.

설혜의 동의를 구한 자운이 입을 열었다.

"설혜가 북해빙궁의 유일한 전승자라는 말이지."

자운이 내공을 이용해서 단번에 얼어붙은 술을 녹이며 말했다. 강력한 내공에 의해 술이 녹아내리고, 자운이 그 술을 그대로 들이켰다.

화끈한 감각이 그대로 목을 타고 내려간다.

"크으, 좋다. 너도 한잔할래?"

자운이 다른 한 잔을 녹여 설혜에게 건네었다. 설혜는 자운이 건네는 잔을 물끄러미 바라보더니 잔을 받아 들었다.

그녀 역시 한잔을 그대로 넘긴다.

술잔을 그대로 넘긴 설혜는 무뚝뚝하니 빈 잔을 다시 자운에게 건네었다. 자운이 피식 웃으며 잔을 다시 받아 들었다.

자운과 설혜의 행동을 바라보고 있던 홍우가 나지막이 불호를 외우며 설혜를 향해 고개를 숙였다.

"아미타불······."

소림의 방장이 그렇게까지 사죄를 한다면 가볍게 고개를 끄덕여 줄 만도 한데 설혜의 표정은 아무런 변화가 없다.

설혜가 응수하지 않자 홍우가 자운을 바라보았다.

그가 자운을 향해 나지막이 전음을 보낸다.

[시주, 내 시주께 긴히 드릴 말씀이 있습니다.]

홍우의 말에 자운이 가볍게 고개를 끄덕였다. 대강의 상황은 걸왕에게 들어 알고 있었으나, 그 티를 내지 않기 위해 전혀 모르는 표정을 지어 보였다.

[뭐지?]

[지금 이 자리에서 할 이야기는 아닌 듯합니다. 취임식이 끝난 후에 내 시주를 찾아가겠습니다.]

자운이 고개를 끄덕이며 승낙의 의사를 표했다.

[그래. 그러든가.]

취임식이 끝난 늦은 오후 무렵이었다. 대부분의 사람들은 자신의 문파로 돌아갔다. 하나 그중 일부 몇몇이 황룡문에 남아 하루 더 머물렀고, 그들 중에는 구파의 장문인들이 포함되어 있었다.

자운이 자리에 앉은 채로 가볍게 탁자를 두드렸다.

퉁 하는 소리가 울리고, 자운이 손을 뻗는다.

"들어올 거면 빨리 들어오든가. 문 앞에서 뭐하는 거야?"

문 앞에서 느껴지는 인기척에 자운이 손을 뻗었고, 허공섭물을 이용해 문이 벌컥 열렸다. 문 너머로는 구파의 장문인들과 개방의 방주가 서 있었고, 손도 대지 않고 문을 여는 허공섭물에 저마다 고개를 끄덕였다.

그들 역시 그 정도는 할 수 있으나, 자운만큼 소리도 나지 않게 매끄럽게 문을 여는 것은 무리다. 과연 절대의 경지에 오른 고수.

홍우가 나지막이 불호를 외웠다.

섭서로 가봐야 하는 건가

"아미타불……."

홍우를 선두로 그들이 들어온다. 무당의 장문인, 화산의 장문인이 줄줄이 줄을 이어 들어왔고, 그들의 뒤로 다른 장문인들 역시 들어왔다.

자운이 그들에게 방금 덥힌 차를 담아 찻잔을 내어주었고, 어색한 침묵 속에서 몇몇이 차를 들이켜는 소리만이 방 한가득 울렸다.

어느 정도 차를 마셨을까?

자운이 손뼉을 짝 소리가 나도록 마주 쳤다. 그 소리에 구파의 장문인들이 모두 자운을 바라본다.

"이쯤 했으면 이제 이곳에 찾아온 이유를 털어놓아야지."

자운의 말에 함께 들어온 걸왕이 고개를 끄덕였다. 곧이어 홍우 대사가 입을 열었다.

"무림의 위기가 실로 코앞으로 다가왔다는 사실은 이곳에 자리하고 계신 분들이라면 누구나 다 알고 있을 것이오."

자운이 히죽 웃었다.

"적성이라는 개 잡것들 때문에 골치 좀 아프게 되었지."

그렇게 말하며 손가락 끝으로 자신의 머리를 툭툭 친다. 장난스러워 보이는 행동이었으나, 자운의 미소가 싸늘한 조소라는 것은 숨길 수 없었다.

홍우가 고개를 끄덕였다.

"아미타불. 이백 년 전 무림을 전복할 뻔했던 적성이라는 단체가 다시 활동을 하기 시작했소."

그 말에 몇몇 장문인들이 기침을 했고, 도호를 외우는 이도 있었다.

"무량수불……."

그런 홍우와 자운의 말에 의문을 표한 것은 아미파의 장문인 소실 사태였다.

"요 근래에 나타난 몇몇 악적들이 과거 적성이라는 단체가 사용했던 이름과 무공을 사용하는 것은 사실이지요. 하지만 그것만으로 적성이 다시금 재현했다고 보는 것은 문제가 있지 않겠습니까?"

그녀의 말에 자운은 소리 나게 웃었다.

피식—

그리고는 손끝으로 탁자를 가볍게 두드린다. 그의 손끝에서 내공이 묻어나고, 내공이 묻어나는 손가락으로 때린 탁자가 푹푹 파여 나갔다.

"이봐, 할멈."

자운이 소실 사태가 가장 싫어하는 호칭으로 그녀를 부른다. 그녀의 나이 올해로 쉰아홉. 할멈이라고 불려도 하등 이상할 것이 없는 나이였으나, 그녀는 유독 할멈이라는 단어를 싫어했다.

그것과 상관없이 자운이 할멈이라는 단어를 선택한 것은 그녀를 자극하기 위하였음이 틀림없었다.

자운이 할멈이라고 부르자 소실이 눈을 부릅뜨며 자운을 노려보았다.

하지만 자운은 전혀 그런 시선을 의식하지 않았다. 오히려 즐기는 것 같이 웃음을 흘릴 뿐. 냉소를 흘리며 자운이 고개를 빙글빙글 돌렸다.

"할멈이 그러고도 현 무림을 이끌어가는 구파의 장문인 중 하나라고 할 수 있는 거야?"

자운의 말에 소실 사태가 자운을 노려보는 와중에도 의문을 표했다.

"천 대협, 말이 좀 심한 것 같군요. 그보다 방금 전에 당신이 한 말의 의미가 무엇이지요?"

"그걸 듣고도 모르나. 늙어가더니 가는귀가 먹어버린 거야? 역시 할멈이군."

자운이 어깨를 으쓱해 보이며 웃자 소실 사태가 자리에서 벌떡 일어났다.

그녀가 기세를 숨기지 않고 자운을 향해 몰아쳤다.

"방금 그 말은 현 아미의 장문인인 나를 모욕한 것과 다름없는 말이군요. 말을 그렇게 함부로 하다가는 크게 다칠 수도 있습니다."

자운이 손을 들어 올렸다. 그의 손에서 강력한 기파가 몰아치고, 소실 사태의 기운을 밀어내었다.

그리고 자운이 천천히 자리에서 일어났다.

그 기도가 용과 닮아 똬리를 틀고 조용히 자리하던 용이 몸을 일으키는 것과 같다.

자운이 천천히 일어나며 소실 사태를 향해 걸어갔다.

"네까짓 게 감히 나를?"

자운의 기세가 오로지 소실 사태만을 찍어 눌렀다. 현 무림의 절대자에 비견되는 기세가 소실 사태를 찍어 누르고, 항거할 수 없을 정도로 강력한 기운에 소실 사태의 두 다리가 떨리기 시작한다.

어느 정도 소실 사태를 향해 다가가던 자운이 그 자리에 뚝 멈춰 섰다.

그리고는 기세를 거두고 다시 자신의 자리로 돌아가기 시작한다.

"네까짓 게 감히 나를 찍어 누르는 건 이백 년은 이른 일이고, 본래 작전이라는 건 최악의 경우를 염두에 두고 짜는 거야. 최악을 생각해 두어야 그에 준하거나 그것보다 조금 더 못한 일이 실제로 벌어졌을 때 쉽게 막을 수 있기 때문이지."

자운이 다시 자리에 앉았다.

"내가 생각하는 최악이 뭔지 아나?"

자운의 말에 다른 이들이 침묵을 지켰다.

"이백 년 전의 적성은 당시 육적의 힘만을 믿고 움직였다. 확실히 그 힘이 약하지 않아 육적의 힘만으로 무림의 절반 정도를 전복시키기에 충분했지."

자운이 고개를 끄덕이며 말을 이었다.

"그런데 지금의 육적은 과거의 육적에 비해서 부족하지 않아. 여기서 중요한 게 뭔지 알아?"

그의 말을 받은 것은 걸왕이었다. 걸왕은 개방의 방주를 대신해서 이 자리에 참석한 것이다.

"과거와 비슷한 힘을 가지고 있는 주제에 왜 움직였냐는 거겠지. 흘흘흘."

그렇다. 과거에 육적은 무림을 전복하고 발아래에 두는 일에 실패했다. 이번에도 비슷한 수준의 힘을 가지고 행동한다면 당연히 실패하게 될 것이다.

그럼에도 불구하고 그들이 움직였다.

자운이 걸왕의 말에 고개를 끄덕였다.

"맞아. 그런 경우는 하나뿐이지."

말을 하지 않아도 안다, 그 경우가 무엇인지는. 이 자리에는 그 정도는 다들 알아야 할 사람들이 모여 있는 곳이 아니던가.

자운이 안타까운 심정으로 한숨을 토하며 마지막 말을 뱉었다.

"육적(六赤) 그놈들보다 더한 놈이 있다는 말이야."

자운이 소림의 홍우를 바라보았다.

"이봐, 땡중."

"아미타불……."

홍우가 고개를 숙이며 자운의 말을 받는다.

"아까 말하려던 거 계속해 봐."

홍우가 고개를 끄덕이고, 다시금 이 자리에 모인 구파의 장문인들을 바라보았다.

"천 대협께서 말씀하신 대로 적성이라는 존재가 다시금 활동하기 시작했다는 사실은 부정하기 힘들 것이오."

이번에는 소실 사태 역시 조용했다.

"그래서 소승은 무림맹의 결성을 제안하고자 하오. 무림맹이 결성될 경우, 걸왕 어르신께서는 무림맹의 호법을 맡아주기로 하셨소이다. 또한 그 무위가 절대의 경지에 오른 지고의 고수들에 비해 전혀 떨어짐이 없는 철혈난신 천 대협께도 무림맹의 호법을 맡아 달라 부탁드립니다."

그가 목탁을 두드리며 고개를 숙여 보였다. 무림맹 연합은 대충 생각하고 있는 이야기였는데 호법이라니? 이건 자운으로서도 전혀 생각하지 못한 바였다.

자운이 걸왕을 찌릿 노려보고, 걸왕이 헛기침을 하며 시선을 피했다.

"흠흠."

자운이 걸왕에게 전음을 보냈다.

[왜 이건 말하지 않았지?]

자운의 물음에 걸왕이 변명을 한다.

[설마 선배님께도 저놈들이 호법을 부탁할 거라고는 생각하지 못했습니다. 흘흘흘흘.]

말은 그렇게 하고 있으나 눈치를 보아하니 분명 일부러 말하지 않은 것이 분명했다. 자운이 으득 소리가 날 정도로 이를 갈았다.

그리고 구파의 인물들을 바라보았다.

"호법이라……. 그보다 지금 이 자리에 무림맹 창설에 반대하는 이는 없는 건가?"

자운이 소실 사태를 바라보며 말했고, 소실은 눈을 돌려 자운의 시선을 회피했다. 자운의 말에 다들 고개를 끄덕여 어느 정도 무림맹 창설에 동의한다는 의사를 표했다.

"반대는 없는 것 같군. 근데 내가 아까부터 궁금한 게 있어."

"그게 무엇이오, 대협?"

자운의 말에 홍우가 물었다.

"구파의 인물들끼리만 무림맹을 만드는 건가? 왜 오대세가의 인물들이 보이지 않는 거지?"

이 자리에 있는 이들 중 오대세가의 인물은 단 하나도 없었다. 본래 오대세가와 구파의 사이가 좋지 못하다는 것은 알고 있으나, 무림의 미래를 위해 무림맹을 결성한다 하면서도 서로 눈치를 보는 것인가?

자운의 미간에 깊은 주름이 잡혔다.

그의 말에 아무도 대답하지 않자 그가 주변을 돌아보았다.

보아하니 아무래도 그의 생각이 맞는 듯하다.

자운이 피식 웃었다.

"여유가 있어서 좋겠군. 무림을 말아먹으려는 놈들이 튀어나오는데, 거기서도 같은 편끼리 편 가르기를 또 하고 있으니 이래서 정파가 정파답지 못하다는 소리를 듣는 거겠지."

자운이 차를 마시고는 찻잔을 탁 내려놓았다.

그리고는 구파의 장문인들을 일일이 둘러본다.

"이따위 무림맹, 나는 찬성하지 못하겠다. 나는 반대야."

자운이 자리에서 일어났다.

"오대세가가 포함되지 않은 무림맹에 황룡문은 공식적으로 참여를 거부한다. 또한 황룡문의 힘이 필요하다면 오대세가를 초청해 함께 무림맹을 만들도록 해."

실상 구파에게 필요한 것은 황룡문의 힘이 아니다. 황룡문은 그 힘이 중소 방파 정도도 되지 않는다. 성장하고 있으나 아직은 소규모 방파이다. 그 정도의 힘은 어디서든 충당할 수 있다.

그들이 빌리고자 한 힘은 바로 자운. 하나 자운은 황룡문 소속이다. 달리 말하면 황룡문의 힘이라 해도 무방하지 않다는 말이다.

그런 자운이 참여를 거부했다.

자운이 밖으로 나가는 문을 열었다.

그리고는 구파의 장문인들에게 밖이 보이도록 자리를 비켜선다.

"나가. 나가서 오대세가가 포함된 무림맹을 구성해 와. 그럼 무림맹의 호법이든 뭐든 다 해주지."

자운이 냉소를 띠며 말을 마쳤다.

*   *   *

구파의 인물들은 침음성을 내뱉으며 침묵을 유지했으나 자운의 채근으로 인해 그 자리를 떠나는 수밖에 없었다.

그들이 가고 나서 어둠이 내렸다.

자운의 방에서는 작은 호롱불 빛이 새어 나오고, 자운이 그 불빛에 의지해서 책을 다음 장으로 넘겼다.

자운이 지금 보고 있는 책은 황룡문의 무공이라 할 수 있는 용구절천수였다.

본래 용구절천수는 패도적인 기운으로 하늘마저 끊어놓는다는 장법이었다. 그 수법을 펼치면 용음이 울리며, 손에서 거대한 용의 아가리가 튀어나온다 하여 붙여진 이름, 용구절천수.

한데 이 용구절천수는 자운이 알고 있는 용구절천수와는 미묘하게 달랐다.

"의(意)를 그대로 두고 형(形)을 바꾼 건가? 그렇지 않으면 형을 추가한 건가?"

자운이 갸웃하고 의문을 표했다.

그의 손이 활짝 펼쳐진 상태로 허공을 팡 하고 때리고, 그 손짓에 따라 희미한 용음(龍音)이 울린다.

우우우우우—

내력을 조절했기에 용의 아가리가 튀어나오는 일은 없었다. 이것이 자운이 알고 있는 용구절천수의 형이다.

하나 이 용구절천수는 조금 달랐다.

자운이 다시 손바닥을 뻗었다.

평범한 일장을 뻗는 듯한 모습. 그 순간, 수영(手影)을 남기며 손가락이 휘어졌다.

한순간 단순한 장법이 조법으로 변했다.

그리고 손가락을 가볍게 튕기는 바로 그때 조법이 다시 한

번 변했다. 이번에는 지법이다.

용음이 연달아 세 번 울렸다.

이전에 비해 훨씬 진하고 선명한 용음이 자운을 놀라게 했다. 분명 한 치도 다르지 않게 같은 양의 내공을 집어넣었는데 더 진한 용음이 울린다.

이것이 의미하는 것은 이전에 펼친 용구절천수에 비해 지금 펼친 용구절천수의 묘리가 훨씬 깊다는 의미가 아닌가?

우우우―

우우우우―

우우우우우―

첫 번째는 장력에서 난 소리, 두 번째는 조법, 세 번째는 지법으로 이어지는 소리였다.

지법에서 쏘아진 기운이 날아가 방의 한쪽에 맞고 퍼석 하는 소리와 함께 손가락 마디 하나가 들어갈 정도의 구멍이 벽에 뚫렸다.

다행히 벽을 관통하지는 않았으나 그 위력은 놀라운 것이었다.

그저 평범한 바람이나 불러올 정도로 내공을 움직였는데 벽에 구멍이 났다.

"힘의 집약인가?"

자운은 무공을 단 한 번 펼쳐 보는 것으로 그 이유를 알아내었다. 본래 장법으로 사용되는 무공이 조법을 지나 지법으로 변화하며 한순간 모든 힘이 손가락 끝으로 집중된다.

장력으로 넓게 뿌렸을 때에 비해서 그 힘의 규모는 좁으나 세기는 몇 배나 강력해진 것이다.

본래의 용음천절수에서는 절대로 나올 수 없는 묘리. 이 무공, 누군가가 바꾼 것이 분명했다.

"문제는 이 무공을 바꾼 것이 누구냐는 것인데……."

이 무공은 태원삼객이 가지고 온 것이다. 자운은 태원삼객이 했던 말을 떠올렸다.

그들은 분명…….

"양천 땅에서 이 무공을 발견했다고 했지?"

아무래도 양천에 가봐야 할 것 같다.

자운이 자리에서 일어나며 중얼거렸다.

"섬서로 가봐야 하는 건가?"

자운의 시선이 자신의 방 한쪽에 걸려 있는 천하도에 고정되었다.

그의 시선이 향하는 곳, 그 끝에는 섬서 양천 땅이라는 글자가 적혀 있었다.

第五章
역시 나는 천재야

황룡난신

 자운은 태원삼객에게서 용구절천수를 구한 안가에 대해서 자세히 들었다. 현재로서 가진 바 정보는 그것이 전부이기에 그곳을 기점으로 조사를 하려 한 것이다.

 자운이 천천히 걸음을 옮겼다.

 양천에는 규모가 작은 산이 몇 개 모여 있다. 그중 하나가 사유산(思有山)이라는 곳인데, 본래 산세가 험준하지 않고 평탄하나 사람들의 왕래가 적어 여러 종류의 나무들이 얽히고설켜 마치 남만의 밀림과 같은 산세를 형성한 곳이다.

 자운이 산세를 뒤지며 천천히 고개를 끄덕였다.

"확실히 도둑놈 하나 숨어들기에는 좋은 곳이네."

자운이 천천히 숲을 헤치고 걸었다. 그의 손에는 나무 사이를 헤치고 다니기에 좋은 자그마한 검이 하나 들려 있었는데, 그가 손을 뻗을 때마다 나무줄기가 잘려 나가며 길이 열린다.

얼마나 걸어 들어갔을까, 천천히 숲을 헤친 지 한 시진이 조금 넘을 무렵이었다.

자운이 바위 하나를 타고 넘으며 눈앞에 있는 넝쿨더미를 베었다.

촤악—

잘려 나간 넝쿨이 아래로 떨어지며 시야를 열었고, 그 사이로 언뜻 낡은 집 한 채가 모습을 드러냈다.

저곳이 태원삼객이 말했던 무영비객의 안가일 것이다.

"길을 몰랐다면 못 찾을 수도 있었겠네. 퉤."

자운이 바닥에 침을 뱉었다.

그놈의 도둑놈이 어찌나 조심성이 많은지 안가를 만들어도 참 더럽게 찾기 어려운 곳에 만들었다는 생각이 들었다. 태원삼객이 이 안가를 찾았다는 사실이 그야말로 천운이었다는 사실을 새삼 느낄 수 있었다.

"자, 그럼 저기로 가볼까."

자운이 천천히 걸음을 옮겼다. 무영비객이 잡힌 이후 안가에는 사람의 왕래가 없었던 탓인지 먼지가 쌓여 있었다.

나무로 만들어진 문을 여는 것만으로도 눈앞을 자욱하게 가릴 정도의 먼지가 떨어져 내렸다.

"캐액. 젠장."

자운이 눈앞을 가리는 먼지를 향해 욕지기를 내뱉은 후 손을 이리저리 움직였다.

휙휙—

그의 손에서 바람이 일고, 일어난 바람이 단번에 눈앞을 가리는 먼지를 날려 버렸다. 먼지 따위가 자운의 눈을 가리고 호흡을 곤란하게 할 리는 없었으나 이것은 어디까지나 기분 문제였다.

자운이라고 해서 먼지 사이를 헤집고 다니고 싶을 리가 없다.

바람이 불어 먼지가 날려가고 시야가 트인다. 자운이 시야가 트인 안가 내부로 들어갔다. 이 안가가 태원삼객의 손에 발견된 것은 오 년 전이라고 했다.

오 년 전, 태원삼객이 이 안가를 발견했을 때는 재화로 가득 차 있었는데, 그후 소문이 퍼져 나가며 다른 사람들이 대부분의 재화를 가지고 갔다고 한다.

낭인과 비슷한 개념으로 고용된 태원삼객이 가질 수 있었던 것은 적절한 양의 금화와 용구절친수의 비급이 전부. 자운이 천천히 안가의 내부를 찾았다.

하나 안가는 용구절천수의 비급이 있었던 자리일 뿐, 그 이상도 이하도 아닌지라 딱히 별다른 단서를 찾을 수는 없다.

안가의 내부를 샅샅이 뒤진 자운이 길게 한숨을 내쉬었다.

"후우, 역시 없는 건가."

자운이 안가 한쪽에 자리하고 있는 의자에 털썩 앉았다. 먼지가 좀 묻어 있기는 했으나 그쯤이야 털어버리면 그만이다. 자운이 의자에 앉은 채로 한쪽 발을 이용해 탁자를 슬쩍 민다.

끼익―

의자가 비스듬하게 세워지며 흔들거린다.

자운이 그 위에 앉아 생각에 잠기었다.

본래 무영비객과 같은 도둑들에게 있어 안가란 무언가를 숨기기 위한 개념이 강했다. 그런데 그런 도둑이 문 열면 보이는 자리에 재화를 두었을까?

무언가 이상하지 않은가?

재화보다 더한 것을 숨기기 위함은 아니었을까?

자운의 고개가 갸웃 움직였다.

"재화는 미끼인가? 아니면 무영비객이라는 놈이 엄청 멍청한 놈인 건가?"

아마도 전자일 것이다. 후자일 경우, 그가 무영비객이라는 이름을 얻을 정도로 살아 있을 리가 없다.

그 정도로 바보라면 약육강식의 강호에서 이름도 알리지 못하고 먹혀 사라졌을 것이다.

"그렇다면 여기 어디에 진짜가 있다는 건데."

태원삼객에게서 안가 내부에 다른 창고 같은 것이 발견되었다는 이야기는 들어본 적이 없다. 자운의 고개가 갸웃 움직이고, 자운이 몸을 일으켰다.

그리고는 안가를 구석구석 다시 살펴보기 시작한다.

그렇게 다시 살펴보기를 세 번 정도. 자운이 소리를 지르며 욕지기를 뱉었다.

"으아아아아아아아아! 젠장."

머리를 부여잡고 벽에 쾅쾅 들이박는 자운. 자운의 입에서 푸념 섞인 괴성이 튀어나왔다.

"왜 나는 기관에는 맹탕인 건데!"

자운이 주먹을 휘둘렀다.

쾅 하는 소리와 함께 벽 한쪽이 날아간다. 다시 주먹을 휘둘렀다. 쾅 하는 소리와 함께 이번에는 지붕이 날아갔다.

하나 자운의 주먹질은 그칠 줄을 모르고 이어진다.

쾅—

다시 한 번 자운의 주먹이 안가의 기둥을 때렸다.

낡은 나무 기둥은 절대로 자운의 주먹질을 견뎌내지 못한다. 우지끈 하는 소리와 삐그덕 하는 소리가 연달아 이어졌다.

자운의 귀가 쫑긋 움직이고, 자운이 설마 하는 눈으로 자신이 후려친 기둥을 노려보았다.

이미 부서진 기둥은 한쪽으로 천천히 흘러내리고 있다.

자운의 발이 산불 맞은 멧돼지마냥 빠르게 움직였다.

"젠장. 무너지잖아!"

자운이 빠르게 무너진 벽으로부터 몸을 뺐다. 자운이 나오자 안가가 기다렸다는 듯 무너져 내렸다. 그 너머로 검은 암혈 같은 것이 보였다.

자운이 부수지 않은 벽 중 거대한 절벽과 맞대고 있는 것이 있었다.

안가가 무너져 내리며 그것이 모습을 드러낸 것이다. 자운이 설마 하는 눈으로 안력을 돋웠다.

안가가 무너지면서 발생한 흙먼지가 시야를 방해했던 것. 안력을 돋우자 암혈이 더욱 선명하게 보인다.

자운이 암혈을 바라보며 중얼거렸다.

"설마 안가 자체가 속임수였던 건가?"

재화를 속임수로 보이게 해두고 안가 안에서 어떠한 장치를 찾으려 했으니 아무것도 찾지 못하는 것이 당연했다.

아무것도 없는 안가는 속임수. 대부분의 무림인들이 이 안가를 발견한 후에도 자운과 같은 생각을 했을 것이다.

그런데 그 안가 자체가 미끼였다니.

자운이 하늘을 향해 대소를 했다.

"으하하하하하하하하하하!"

그리고 한마디를 덧붙였다.

"역시 나는 천재야."

말을 마친 자운이 안가 너머 암혈을 향해 몸을 날렸다.

암혈의 깊은 곳으로 들어가기 전, 몇 개의 기관이 자운을 막았으나 감히 도둑놈이 만든 기관 따위가 절대고수를 막을 수는 없었다.

자운이 그것을 몸소 증명해 주었다.

꽝 하고 들이받으면 퍽 하고 부서지는 기관장치. 쩡 하고 내려찍으면 쇳덩이가 그대로 갈라진다.

자운이 기관이라는 기관은 모두 부수어 버리고 암혈 내로 질주했다.

그리고 그 암혈 내부에서 자운이 마주할 수 있었던 것은 산더미처럼 쌓여 있는 무공 비급이었다.

"하하! 그럼 그렇지. 이거였구만."

어디서 훔쳤는지 알 수 없는 무공 비급이 산처럼 쌓여 있다. 개중에는 이름만 들어도 알 수 있는 무공도 몇 있었다.

나름대로 산서에서 이름을 날리는 문파들의 무공이다. 자운이 입맛을 다셨다.

"근데 이걸 찾은 건 좋은데 어떻게 한다?"

자운이 입맛을 다시며 천천히 비급들을 살펴보았다. 이미 사라진 문파의 비급부터 해서 아직까지 명맥을 이어나가고 있는 문파의 비급도 있었다.

그리고 그중 하나, 현천칠성검(玄天七星劍)이라는 이름의 비급이 자운의 시선을 잡아끌었다.

"어? 이거."

자운도 익히 알고 있는 무공, 아니, 무림에 한 발을 담고 사는 사람이라면 아무나 붙잡고 물어봐도 알 수 있는 무공이다.

바로 무림의 양대산맥이라는 무당의 무공이 아닌가.

현천칠성검이라는 사실 하나만으로 다른 문파들의 비급이 한순간 빛을 잃었다. 현천칠성검, 어두운 하늘에 빛나는 북두의 일곱 별을 검으로써 담아낸 검법이다.

도가의 조종이라는 무당의 무공답게 그 깊이가 방대하다. 또한 그 가진 바 능력이 무당 무공의 최고봉이라는 태극혜검에 비견될 정도라 강력하기 그지없다.

"이건 무당에 돌려줘야겠는데."

자운이 다른 비급들을 획획 넘기며 현천칠성검에 비견될 정도의 무공이 있는지 확인하기 시작했다.

하나 암혈 안에 있는 비급의 양이 적지 않아 속도는 더디기 그지없었다.

기천에 이르는 비급들을 확인했을 무렵, 자운이 비급 하나를 움켜쥐었다.

제목이 익숙했기 때문이나. 자운이 천천히 그 비급의 이름을 읽어 내려갔다.

구천비룡단(九天飛龍斷).

아홉의 하늘을 날아다니는 용의 움직임을 흉내 낸 무공이다. 이 또한 황룡문의 무공. 무영비객이 가지고 있는 황룡문의 무공은 용구절천수뿐만이 아니었던 모양이다. 자운이 빠르게 구천비룡단의 비급을 읽어 넘겼다.

그의 두 눈이 집중에 빠지고, 촤라락 하는 소리와 함께 비급이 넘어간다.

자운이 신중하게 비급을 읽어 들어가고, 그의 손이 허공에서 휙휙 움직였다.

구천비룡단은 본래 검술이다. 하나 이렇게 비급이 많이 보관되어 있는 좁은 장소에서 검을 휘두르다가는 만에 하나 비급에 손상이 갈 수도 있었다.

그렇게 되면 큰일이다.

또한 황룡문의 비급이 하나 더 있었는데, 그 비급에 손상이 생긴다면?

아마도 아까워서 일주일은 밥도 못 먹을 것이다. 그래서 검을 대신하기로 한 것이 수도였다.

내공의 운용을 최소로 줄이고, 검에 비해서 다소 뭉툭하다고 할 수 있는 수도(手刀)를 검과 같이 움직인다.

허공중에 바람 소리가 울리고, 획획 하는 소리와 함께 자운의 수도가 어지럽게 분영을 뿌렸다.

내공을 적절하게 조절했기 때문에 뻗어 나오는 기운 자체가 날카롭지는 않았으나 검초는 현란하여 보는 이가 있다면 매혹당해 버릴 것이 분명했다.

무공을 처음부터 끝까지 신중하게 펼쳐 낸 자운이 한숨을 내쉬었다.

"이것도 미묘하게 다르네."

본래 구천비룡단은 아홉 개의 분영을 만들어내어 상대방의 눈을 현혹하는 수법이다. 따라서 그 힘이 패도일변도를 따르는 다른 초식에 비해 부족한 것이 사실이었다.

또한 쾌보다는 환에 중점을 두고 있기 때문에 화후가 부족한 실력으로 펼쳤다가는 이도저도 아닌 무공이 되고 만다.

한데 이것은 환에 비해서 쾌에 중점을 두었다. 환으로 분영을 만드는 것이 아니라 쾌 하나만으로 분영을 만드는 것이다.

또한 거기에 더하여 쾌가 중(重)해지면서 중(重)이 더해졌다.

패도일변도라고는 할 수 없지만, 이전의 구천비룡단에 비해서 힘이 많이 올라간 것 역시 부인할 수 없는 사실이다.

하나 장점만 늘어난 것은 아니다. 단점 역시 생겼다. 본래 환의 묘리를 이용한 구천비룡단의 공격 범위는 넓고 길다.

하지만 그 묘리가 쾌로 넘어가면서 지극히 단조롭고 좁은 공격 범위를 가지게 되었다.

그것이 단점이라면 단점. 일장일단이라 할 수 있을 것이다.

자운이 구천비룡단의 비급을 현천칠성검의 비급과는 다른 쪽에 조심스럽게 갈무리했다. 그리고는 다시 다른 비급들을 뒤지기 시작했다.

혹시나 남아 있을지 모르는 또 다른 황룡문의 비급을 찾는 것이다.

지금까지 두 개의 비급이 나왔다.

또 하나의 비급이 더 나와도, 아니, 몇 개나 되는 비급이 더 나온다고 하더라도 하등 이상할 것이 없는 상황이었다.

아니나 다를까, 자운은 또다시 두 개의 비급을 더 찾아내었고, 그 무공들 역시 본래의 무공에 비해서 조금씩 달라져 있다는 사실을 눈치챌 수 있었다.

"도대체 이걸 누가 했다는 말이지?"

의문을 표하며 마지막으로 발견한 비급을 넘기자, 그 마지막에서야 자운은 해답을 풀 수 있었다.

나는 황룡문의 제자 우지경이다.

마지막 장의 첫 구결을 읽어 내려간 자운의 눈이 잘게 떨렸다. 그리고 곧 그 떨림은 온몸으로 번져 나가고, 손마저 덜덜 떨렸다.

자운은 상상을 불허할 정도의 고수. 그 정도의 고수가 평범한 일에 온몸을 사시나무 바람에 떨 듯 떨 리가 없다.

무엇이 되었든 저 우지경이라는 사람이 자운에게 엄청난 충격을 가져다준 것이 틀림없었다.

곧 자운의 입에서 우지경의 정체가 흘러나온다.

"대사형."

우지경, 그는 자운의 대사형이었다. 특출 난 무재를 가지고 있었으며 또한 황룡문을 향하는 마음 또한 사형제 중 으뜸이었다.

자운이 지금 황룡문을 생각하는 마음도 모두 우지경에게서 배웠다고 해도 틀린 말이 아니다.

그런데 대사형의 비급이 왜 이 자리에 있다는 말인가?

자운의 대사형은 적성과의 전쟁 이후 실종되었다. 모두들 쉬쉬하고 있었지만, 그는 전쟁에서 죽었을 것이라 생각했다.

한데 지금 이곳에서 대사형의 비급이 발견된 것이다.

자운은 천천히 다음 구절을 읽어 내렸다. 그곳에는 우지경이 왜 황룡문으로 돌아오지 않고 실종되었는지, 그리고 왜 이곳에 황룡문의 비급이 있는지에 대한 이유가 적혀 있었다.

나는 적성이라는 단체와의 결전 이후 두 팔과 두 다리를 잃었다. 무공을 익힌 자에게 있어 두 팔과 두 다리를 잃었다면 그것은 주화입마에 빠진 것과 다를 바 없는 것이요, 또한 폐인의 길을 걸어가게 되는 것과 마찬가지다.

그래서 나는 황룡문으로 돌아가지 못했다. 두 팔과 두 다리가 없으니 돌아가고 싶다 하더라도 돌아갈 수 없을 뿐더러 또한 돌아간다 하더라도 내 한 몸 편하고자 문파에 짐을 지우는 행위가 될 것이다. 그것은 결코 내가 바라는 일이 아니다. 하지만 지금 이렇게 글을 적고 있는 동안에도 사부님의 얼굴이 아른거리고 사형제들의 소식이 궁금하다.

한쪽의 다리라도 남아 있다면, 한쪽의 팔이라도 남아 있다면 몸을 질질 끌어서라도 문파로 돌아갔을 텐데, 그래서 폐를 끼쳤을 텐데…….

지금 이 순간만큼은 두 팔과 다리가 없는 내 신체에 한순간이나마 감사하고 또한 저주한다.

보고 싶구나, 나의 사형제들아.

떨어져 있어도 생각나고, 감히 죽어서도 내 백골이 닿지 못할 마음의 고향 황룡문이여.

하나 이곳에서 눈물을 흘리고 있어봐야, 스스로의 신세를 저주하고 있어봐야 나아지는 것은 하나도 없었다.

그래서 나는 백에 하나의 확률, 아니, 그 이하가 될지도 모르는 확률에 하나를 걸어보기로 했다.

황룡문을 위한 비급을 만들어보기로 한 것이다.

적성과의 결전에서 나는 전에 발견하지 못했던 황룡문의 무공 중 단점을 몇 가지 발견했다. 물론 내가 미흡해서 그렇게 느꼈을지도 모르나 나는 나 나름대로 그것을 보완할 무공을 창안해 보고자 했다.

그리고 나는 현실적인 벽에 다시 한 번 부딪쳤다.

감히 나는 일대종사라고 불리는 이들과 같이 무공을 창안할 능력이 없었던 것이다.

한참을 고민한 내가 할 수 있는 것은 무공을 보완하는 것이 전부였다. 그리하여 나는 오랜 시간 고민하고 참오하여 황룡문의 무공을 보완했다.

그리고 나는 이 무공을 어찌 글로 남길까, 어떻게 황룡문에 전할까 고민했다.

나에게는 천에 하나의 행운으로 내력이 남아 있었다. 두 팔은 없었지만 내력을 이용해 허공섭물로 붓을 움직일 수 있었고, 심력을 다하여 글을 쓸 수 있었다.

그리하여 이렇게 다섯 권의 책을 남기노니, 연자여, 그대가 혹시 정도의 사람이라면, 그렇지 않고 무공을 알지 못하는 사람이라 할지라도 이 비급을 황룡문에 전해다오.

그대에게 내 마지막으로 남기는 부탁이니, 망자의 부탁이라 가벼이 여기지 말고 이루어주기를 바란다.

보고 싶구나, 황룡문이여.

보고 싶구나, 나의 사형제들이여.

보고 싶습니다, 사부님.

그 뒤로 더 이상의 글은 적혀 있지 않았다.

글을 다 읽어 내린 자운의 눈에서 그답지 않은 눈물이 흘러내린다.

자운이 소맷자락으로 눈물을 닦아내었다. 보는 사람은 없었으나 흘린 눈물을 숨기기 위함이었다.

이제야 이 비급을 누가 만들었는지 알겠다. 아마도 무영비객은 이 비급을 어딘가에서 훔친 것이 아니라 발견했을 것이다. 그리고 자신이 비급을 두는 곳에 함께 모아두었겠지.

그중 하나가 아주 우연히 태원삼객에게 발견된 것이리라.

자운이 황룡문의 비급들을 주섬주섬 챙겨 품속으로 갈무리했다.

"후, 대사형, 참으로 대사형도 징글징글하오."

그가 고개를 휙 돌리며 동굴을 향해 말했다. 우지명이 듣고 있을 리는 없으나, 자운은 암혈 밖으로 천천히 걸어나가며 계속 말을 이었다.

"나도 좀 황룡문을 생각한다고 말할 수 있을 줄 알았는데, 정말로 사형한테는 못 당하겠소."

두 팔과 두 다리가 모두 잘린 상황에서 황룡문을 위한 비급을 만들다니, 자운으로서는 정말 상상도 할 수 없는 일이었다.

"나도 두 팔이 잘리고 문파로 돌아가지 못한다면 사형처럼 그렇게 할 수 있을까?"

글쎄, 자신이 없다.

그럼 두 다리마저 잘리고 울다가 화내다가 분노하다가 지쳐서 모든 기력이 남지 않았을 때쯤은 우지명처럼 할까?

다시 생각해 보았지만 그것도 모르겠다.

"내 대답은 글쎄올시다."

자운이 암혈 밖의 환한 빛 속으로 머리를 들이밀었다.

완전히 밖으로 나온 그가 암혈을 돌아보며 씨익 웃었다.

"근데 말이오, 이거 하나는 확실하게 하지."

자운이 허리춤에서 황룡신검을 뽑았다. 그리고 자신의 팔을 슥 긋는다.

과연 예리한 검, 신검이라는 이름이 괜히 붙은 것이 아니다. 단련된 자운의 팔이 단번에 핏 하는 소리와 함께 베어 나간다.

깊이 베인 상처는 아니지만 피가 흘러나오고, 자운이 흘러나온 피 위에 황룡신검을 박아 넣었다.

황룡신검이 절반이 넘게 박혀들고, 그 박혀든 곳을 따라 자운의 피가 바닥으로 흘러들었다.

"내 두 팔과 두 다리가 붙어 있는 한, 나는 황룡문을 수호할 거요."

자운이 다시 바닥에서 검을 뽑았다. 휙하고 검을 휘두르자 신검에 묻어 있던 핏방울이 바닥에 후두두 떨어졌다. 자운이 신검을 다시 허리춤에 갈무리한다.

"그리고 황룡문을 천하제일문파로 만들어주지."

자운이 미련없이 고개를 돌렸다.

그의 품속에는 황룡문의 무공 비급 네 권과 무당의 현천칠성검이 들려 있었다.

그리고 뒤쪽에 있는 암혈 내부에는 그 수를 헤아리기 어려울 정도로 많은 비급이 가득 쌓여 있었다.

솔직히 말하자면 저 모든 비급들의 주인을 찾아주는 일은 쉬운 일이 아니다.

 하지만 자운에게는 그 모든 것을 한 번에 해결하는 방법이 있었다.

 "저렇게 많은 문파에 빚 하나 정도 지워놓으면 언젠가 필요할 때 요긴하게 쓸 수 있겠지."

 자운이 음흉하게 웃었다.

 "그럼 무당으로 가볼까?"

 *   *   *

 무당산은 호북(湖北) 균현(均縣)에 위치해 있는 산이다.

 산세가 수려해 봉우리가 향로 같으며 증수(曾水)가 산기슭에서 발원(發源)한다.

 둘레는 사오백 리. 많은 봉우리 중 삼령(蔘嶺)이 으뜸이며 높이가 이십여 리에 달해 매번 흰 구름에 싸여 있다. 해가 이곳에서 떠올라 이곳으로 저무니 또한 일조산(日朝山)이라 한다.

 수경주(水經注)와 무당산기에 적혀져 있는 구결이다.

 무도 칠십이봉(七十二峰)과 삼십육암(三十六巖) 이십사간으로 구성되어 있으며, 가장 높은 봉우리는 자소봉, 달리 천주봉이라고 한다.

이러한 수십 개의 봉우리에는 예로부터 도를 숭상하는 많은 도인들이 몰려들어 도관이 번성했고, 그 도관이 하나로 합쳐져서 무림을 지탱하는 기둥을 이루니 그것이 바로 무당이다.

무당의 무공은 달리 정파를 지탱하는 두 개의 기둥이라 하여 천하무공의 조종[天下功夫出少林]이라 하는 소림에 비견되곤 하는데, 실제로 소림과 무당의 공부에는 큰 차이가 있었다.

소림은 본래 달마에 의해 규합된 곳으로, 그 무학의 깊이가 측량할 수 없을 정도로 깊다. 또한 불교라는 하나의 교에 연원을 두기 때문에 그 부분에 한해서만큼은 끝을 알기 어렵다.

하나 무당은 그렇지 않다. 무공의 깊이보다는 넓이가 방대하여 그 무공의 수와 양을 헤아리기 어렵다.

수십, 수백에 이르는 도관에서 수백, 수천, 수만에 이르는 갈래의 무공들이 파생되어 나왔고, 이것들이 계승된 곳이 무당이다.

그 무학의 깊이는 얕으나 방대하고 넓어 무시하기 힘든 곳, 소림과는 다른 의미로 무공의 조종이라 불릴 만한 곳이 무당인 것이다.

자운의 발걸음이 그 무당으로 향하고 있었다.

무당의 개파조사는 장삼봉으로서 그의 도호가 삼풍진인

이었기에 달리 무림에 알려지기를 장삼풍으로도 알려져 있다.

시대를 정확하게 측정할 수는 없으나 본래 소림에서 공부했다는 일이 있는 것만은 확실하다. 하나 후에 소림에서 하산하여 천하를 주유하였고, 무당산에 이르러 영기에 취해 세 봉우리를 보고서 득도하여 무당파를 개파하였다고 한다.

삼풍진인에 관한 이야기는 수년, 수십 년에 거친 것이 아니라 수백 년에 거쳐 흔적이 전해져 오고 있음으로 사기에서 이르기는 달리 장삼풍은 한 사람이 아니라 수십 명의 신선관 도인들을 하나로 엮어 부르는 것이라고도 한다.

한 가지 대단한 것은, 그 삼풍진인이라는 존재가 현 구파 중 하나인 무당의 개파조사라는 것이다. 그가 규합하고 창안한 무공이 지금까지 전해져 오고 있으니, 가히 무림을 대표하는 걸출한 대종사일 뿐만이 아니라 전설적인 인물이라 해도 부족함이 없을 것이다.

자운의 걸음이 천천히 무당을 올랐다.

"하아, 역시 나는 도사는 못 될 놈이야."

자운이 언젠가 들은 적이 있는 장삼봉에 대한 일화를 떠올리며 말했다.

장삼봉이 무당에 이르러 영기에 휩싸이고 깨달음을 얻었다고 하는데, 이렇게 무당을 오르고 있는데도 깨달음은커녕 영기를 한 줌도 느끼지 못하겠다.

사운이 무당산의 봉우리 한 자락에다 대고 소리를 바라바락 질렀다.

"이 무당산! 더럽다! 나도 영기 한 조각만 나눠달라고! 등선할 필요까지는 없으니까! 그게 그렇게 아깝냐!"

발을 굴러보지만 돌아오는 것은 메아리뿐. 자운이 피식 웃었다.

"그래, 너 그렇게 쉬운 산이 아니란 말이지? 좋을 대로 해라."

말하고 보니 웃기다. 또한 꼭 미친놈 같지 않은가.

무당산에 영기가 충만하여 개나 소나 그 영기를 느낄 수 있으면 무당의 개도 장삼봉일 것이고 소림의 소는 달마라도 될 것인가?

그렇다면 천하는 무당과 소림이 지배했을 것이다.

자운이 피식피식 웃음을 흘리며 계속해서 무당을 올랐다. 조금 있으면 해검지가 나올 것이다.

자운이 자신의 허리춤에 있는 황룡신검을 가볍게 두드렸다.

"널 잠시 풀어야 한다니 안타깝군."

본래 황룡신검은 황룡문의 문주를 상징하는 검이자 신물이다. 하나 아직 자운이 황룡신검을 가지고 있는 이유는 간단했다.

 운산이 거절했기 때문이다. 운산은 스스로가 아직 황룡신검을 지킬 힘이 없음을 잘 알고 있었다.

 그렇기에 인정했다.

 자신이 황룡신검을 가질 만한 실력이 될 때까지만 황룡신검을 맡아달라고 말이다.

 자운은 흔쾌히 고개를 끄덕였다. 그것이 아직까지 자운의 허리춤에 황룡신검이 있는 이유였다.

 무당산을 가벼운 걸음으로 오르기를 얼마쯤, 자운의 걸음이 우뚝 멈추어 선다.

 해검지가 보이기 시작한 것이다.

 바위를 깎아 해검지(解劍池)라는 글자를 세우고, 그 옆에 눕혀진 평평한 바위가 있다.

 그 위에는 무림인의 것으로 보이는 도검 몇 자루가 가지런히 자리하고 있었으며, 도검 위로는 옆에 서 있는 나무에서 드리우는 구름이 자리하고 있었다.

 "아무리 그래도 너를 저런 것들과 같이 취급할 수는 없겠지."

 자운이 다시 황룡신검을 가볍게 때리자 황룡신검이 운다.

 우우우우우―

 그 소리가 마치 용구절천수를 펼칠 때 나는 용음과 같다.

자운이 해검지로 다가가자 무당의 제자로 보이는 이가 자운을 향해 뛰어왔다.

본래 어느 문파를 가든 정문을 지키는 이들은 대부분 내부에 있는 이들에 비해서 한 수 접어주는 것이 기정사실이다. 하나 이 기정사실에서 단 한 곳 예외가 있다면 바로 무당이었다.

무당에서 해검지가 가지는 의미는 적지 않다. 그러니 그 해검지를 관리하는 제자를 약한 무사를 둘 수 없는 것이다.

일대제자들은 대부분 본산에서 생활하고 있으니, 해검지를 지키는 것은 무당에 도적을 올린 이대제자, 혹은 삼대제자가 하는 일이다.

본적을 올리지 못한 속가제자들이나 평제자들은 감히 해검지에 설 수 없다.

아마도 지금 달려오는 이도 삼대제자, 혹은 이대제자일 것이다. 자운이 그 자리에 뚝 하고 멈춰 서고, 무당의 제자가 자운의 앞에서 포권을 취하며 고개를 숙여 보인다.

"무당의 이대제자 현종(賢從)이라 합니다. 어디에서 오신 분입니까?"

자운의 현종의 말에 고개를 끄덕이며 말했다.

"황룡문의 태상호법 천자운이라고 하는데, 여기서 검 풀어야 하는 거 맞지?"

역시 나는 천재야 139

사실 자운이 유명한 것은 황룡문의 태상호법이라는 직위보다는 철혈난신이라는 무림명으로 더욱 유명하다.

천자운이라는 이름에 현종은 한순간 흠칫하는 모습을 보였으나, 무당의 제자답게 눈빛과 자세를 가다듬었다.

"여기는 무당의 해검지입니다. 아무리 그것이 무림에 이름을 날리는 천 대협이라 할지라도 어쩔 수 없는 일입니다."

자운이 입맛을 쩝 다셨다. 그리고는 마치 보물 집어 올리는 듯 허리춤에서 황룡신검을 풀어 현종에게 넘겨주었다.

"이거 굉장히 중요한 검이거든? 이거 실수로 잃어버리면 네 목으로도 변상이 안 돼. 아마도 무당산 봉우리 하나쯤은 팔아야 할 거야."

반은 농담을 섞어서 던지는 말이었으나, 무림에서 자운 정도 되는 이가 그렇게 농담을 던진다고 진짜 농담으로 받아들일 사람은 몇 없다.

자운의 말에 현종이 눈을 동그랗게 말아 떴다. 그리고는 덜덜 떨리는 손으로 황룡신검을 받아 품속에 껴안았다.

절대로 떨어뜨리면 안 되는 신줏단지 모시는 듯하다.

자운이 그 모습을 보고 피식 웃었다.

"그래, 그렇게 품에 꼭 모시고 있어라. 그렇게 하고 있어야 한다."

자운이 피식 웃으며 무당산을 향해 휘적휘적 올라갔다. 현종은 자운이 올라간 후에도 품속에 있는 황룡신검을 한동안 멍하니 바라보고 있었다.

해검지에서 올라가면 나오는 것은 무당의 산문이다. 무당의 산문은 화산의 산문과 같이 높고 화려하게 지어진 것은 아니었으나, 도가의 조종다운 향취를 느낄 수 있었다.

화려하지는 않으나 조용한 멋이 있었고, 또한 그 속에서 느껴지는 현기는 도에 별 관심이 없는 자운마저도 느낄 수 있을 정도였다.

"하아, 이러니 도를 믿으십니까 하면 걸려드는 사람이 있는 거구나."

과연 이 정도의 현기라면 도사 해볼 만하겠다는 생각도 들었다. 하나 자운은 곧 고개를 흔들어 망상을 털어버렸다.

자신이 무당에 찾아온 이유가 도사가 되기 위함은 아니지 않던가?

"왔으면 목적대로 할 일을 해야지."

자운이 무당의 산문을 향해 다가갔다. 산문 입구에는 화산과 마찬가지로 오가는 사람들의 이름을 기록하는 곳이 있었고, 자운이 다가가 붓을 들어 이름을 적었다.

황룡문 태상호법 천자운.

역시 나는 천재야

자운이 멋들어지게 무림명과 소속 이름을 적어 내렸다. 무심하게 바라보던 무당의 제자가 황급하게 포권을 취해 보였다.

"무당의 이대제자 현우(賢雨)가 철혈난신 천 대협을 뵙습니다."

자운이 고개를 가볍게 끄덕였다.

"아, 그래, 혹시 안에 기별 좀 넣어줄 수 있어?"

그의 말에 현우가 빠릿빠릿하게 답했다.

아무래도 무림 경험이 없는 이대제자이다 보니 자운과 같은 무림 명사가 하는 부탁에 긴장을 한 모양이다. 그 모습이 재미있어 자운이 싱글벙글 웃었다.

"예. 어떻게 어느 분께 기별을 넣으면 되는지······."

"무당의 장문인께 전해다오. 황룡문의 천자운이 어두운 하늘 속에서 빛나는 일곱 개의 별을 들고 왔다고."

무당의 장문인인 청수 진인이 화들짝 놀라 달려나오는 것은 당연한 일이었다.

어두운[玄] 하늘[天] 속에서 빛나는 일곱[七星] 개의 별이라고 한다면, 현천칠성검 말고는 다른 것이 없다.

과거 무당의 무공 중 손에 꼽히는 무공, 그중에서도 정점에 있는 것이 태극혜검이다.

그와 견줄 만하다는 현천칠성검은 무당의 무공답지 않게 움직임이 간결하고 패도적인 기운이 짙다.

또한 단 하나의 초식으로 수십 개의 이해를 필요로 하는 태극혜검과는 달리 일곱 개의 초식으로 이루어져 있으며, 방대한 이해보다는 십 년 그 이상의 숙련을 필요로 하는 무공이었다.

하나 그렇다고 해서 그 속에 담긴 이해가 적은 것은 아니었다. 별것 아닌 무리처럼 보이나, 그 속에는 무당 무공의 정수가 들어 있다고 봐도 좋을 정도의 무리가 들어 있었으니 가히 태극혜검과 비교한다 하더라도 부족함이 없었다.

무당의 장문인 청수 진인을 필두로 족히 다섯은 되어 보이는 무당의 장로들이 뛰어나왔다.

무당의 연청십팔비(聯靑十八飛)를 펼치며 달려오는 그들의 모습은 한눈에도 놀람이 어려 있었다.

현천칠성검이 사라진 지가 얼마던가. 실전된 줄 알았던 무공을 자운이 가지고 오다니 그들로서는 자운에게 큰 은혜를 입은 것이나 마찬가지다. 청수 진인이 자운 앞에 훌쩍 내려섰다.

그리고는 가볍게 고개를 숙이며 도호를 외운다.

"무량수불. 빈도는 무당의 청수라고 합니다."

자운이 고개를 끄덕였다.

"물론 잘 알고 있어. 내가 좀 젊어 보이기는 하지만, 나이는 당신보다 많으니까 말을 좀 편하게 해도 되겠지?"

자운의 말에 청수 진인이 고개를 끄덕였다. 상대는 무당의 무공을 다시 가져다준 사람이 아닌가. 그 정도야 얼마든지 참을 수 있었다.

"그렇게 하십시오. 한데 가지고 오셨다는 비급은……."

자운이 그 말에 '아아' 하고 소리 내어 말하며 품속에서 현천칠성검의 비급을 꺼내 청수 진인에게 넘겨주었다.

청수 진인은 비급을 받아 들자마자 그 자리에서 비급을 펼쳐 보며 무당의 장로들과 이야기를 주고받기 시작했다.

소리는 들리지 않고 입술만 달싹이는 것으로 보아 전음으로 이야기를 나누고 있는 것이 틀림없다.

기운을 간섭하여 엿듣고자 한다면 충분히 엿들을 수는 있지만, 굳이 그럴 필요성을 느끼지 못한 자운은 그들의 이야기가 끝나기를 기다렸다.

이각 정도가 지났을까. 자운이 슬슬 지루해지기 시작한 무렵, 그들의 이야기가 기다리기라도 한 듯 멈췄다.

청수 진인이 자운을 바라보고 품속으로 소중하게 갈무리했다.

"이것은 분명한 무당의 현천칠성검이군요. 이렇게 귀한 것을 가져다주셔서 천 대협께는 정말로 감사드립니다. 무량수불."

얼마 전 태허 진인이 칠적의 손에 쓰러져 의식이 불명한 상태. 칠적이 죽지 않고 몸을 살려 돌아간 만큼 그가 언제 돌아올지 모른다.

이런 상황에서 현천칠성검이 다시 무당으로 돌아온 것은 무당에 큰 힘이 되어줄지도 모르는 일이다.

"아니, 그건 당연히 돌려줘야 하는 거고, 혹시나 감사하게 생각한다면 다음에 황룡문이 필요하면 힘이나 한번 보태줘."

"사해가 동도이고 황룡문 역시 정도의 문파가 아닙니까. 이번 일이 아니더라도 무당은 황룡문을 도왔을 것입니다."

자운이 속으로 웃었다.

'웃기고 있네. 기껏해야 생색이나 내고 말았겠지. 어쨌든 확실하게 빚을 지워두었으니 필요할 때 요긴하게 쓸 수 있겠지.'

속마음은 속으로 숨기는 것이 더욱 좋다.

자운은 속에서 나온 말을 밖으로 꺼내지 않고 그를 향해 마주 웃어 보였다.

"그럼 다행이고. 아, 그리고 말이야, 내가 부탁할 게 하나 있는데 이건 좀 가벼운 거라 무당에서 해줬으면 하거든."

역시 나는 천재야

자운의 말에 청수 진인이 반문한다.

"그것이 무엇입니까?"

"별건 아니고, 혹시 무영비객이라고 아는가 모르겠다. 섬서 쪽에서 유명한 좀도둑이긴 한데, 좀도둑이라 무당의 장문인 귀에까지는 안 들어갔으려나?"

다행히도 청수 진인은 무영비객에 대해서 알고 있었다.

자운이 단순한 좀도둑으로 취급하고 있는 무영비객은 사실 무림에서는 꽤 유명했다.

섬서 지방에서 날리는 도둑이었다고는 하지만, 이리저리 와전되어 소문이 곳곳으로 퍼져 나간 탓이다.

"저 역시 무영비객에 대해서는 알고 있습니다. 한데 그는 오래전 태원삼객의 손에 잡히지 않았습니까?"

자운이 고개를 끄덕였다.

"그렇기는 한데, 내가 이번에 태원삼객의 안가를 찾아내었거든? 거기에 수십 개 문파의 비급이 쌓여 있더란 말이지. 내가 위치 알려줄 테니까 무당이 책임지고 각 문파로 반환해 줄 수 있는 거지?"

할 수 있다마다.

그렇게 하면 자운의 이름도 올라가겠지만, 그걸 맡아서 행한 무당의 이름 역시 올라갈 것이다. 거기까지 생각한 청수 진인이 고개를 끄덕였다.

"어려운 일이 아니군요. 당연히 해야 할 일인 듯합니다. 무량수불."

자운이 빙긋 웃었다.

"그럼 다행이네. 그보다 남은 밥 좀 있으면 먹어도 되려나. 여기까지 오면서 밥을 제대로 못 먹었더니 배가 좀 고픈데……."

자운이 능청스럽게 자신의 배를 두드렸다.

第六章

누구긴 누구야, 위대하신 나님이지

황룡난신

　만족스럽게 배를 채운 자운이 자신의 배를 가볍게 두드렸다.
　"아, 배부르다. 역시 있는 집 반찬은 뭐가 달라도 다르구나."
　자운의 입에서 대무당이 한순간에 있는 집으로 추락해 버렸다. 하나 청수 진인은 그리 신경 쓰지 않는 모양이었다. 오히려 여유있게 자운을 향해 농을 던졌다.
　"그렇지요. 원래 있는 집이 더하다고 하는데 사실은 그렇지 않습니다. 무량수불."

자운이 제법인데 하는 눈으로 청수 진인을 바라보고, 청수 진인은 고개를 숙이며 나지막이 도호를 외웠다.

"그런데 말이야, 아까부터 날 힐끔힐끔 보는 게 뭐하고 싶은 말이라고 있어? 밥 먹다가 체할 뻔했는데 하고 싶은 말이 있으면 속 시원하게 털어놓아 보지."

자운의 말에 청수 진인이 고개를 흔들었다.

"허허, 그럴 리가 있겠습니까."

"그래? 없으면 말고. 내가 지금 배가 불러서 부탁하면 들어줄지도 모르는데, 나중에는 들어줄지 모르겠다. 나중에 후회하지 말고 말하지?"

말을 마친 자운이 손을 털며 일어났다. 그리고는 어깨를 으쓱하고 움직여 보인다.

자운이 자리에서 일어나 밖으로 나갈 기미가 보이자, 청수 진인의 얼굴이 조금 딱딱하게 변했다. 자운이 그 모습을 보고는 피식 웃었다.

"부탁할 거 있으면 숨기지 말고 말해. 나 그렇게 입이 싼 놈 아니니까 어디 가서 소문내고 다니는 일은 없을 거야."

자운의 말에 청수 진인이 길게 한숨을 내쉰다.

"후우. 무량수불, 천 대협께는 말씀드리지 않을 수가 없군요. 사실 제 사부님께서는 기식이 엄엄한 상태이십니다."

자운이 고개를 끄덕였다. 그 역시 알고 있다.

검도자(劍道子) 태허 진인이 홀로 칠적을 막아내고 주화입마에 들었다는 이야기를 들었다.

자운이 다시 자리에 앉으며 턱짓으로 청수 진인에게 계속 이야기를 해보라는 행동을 취했고, 자운의 행동을 알아들은 청수 진인이 다시 한숨을 내뱉고는 이야기를 이어나가기 시작했다.

"외상은 이제 어느 정도 괜찮아지신 듯한데 내상의 문제인 것인지 저희들로서는 어찌하여 사부님이 깨어나지 않으시는지 알 수가 없습니다."

자운이 고개를 끄덕이며 말했다.

"그래서 나보고 한번 봐달라 이거지? 근데 너네 좋은 약 두고 뭐할 거야? 태청신단이라든지 그런 거 한 알쯤은 꿍쳐 두고 있을 거 아냐?"

자운의 말에 고개를 절레절레 흔드는 청수 진인. 그들이라고 하여 태청신단을 써보지 않은 것이 아니다.

"물론 무당에는 현재 태청신단 두 알이 있습니다. 본래는 세 알이 있었지요."

"별로 효과가 없었던 거네."

자운의 말에 청수 진인이 고개를 끄덕였다. 태청신단을 사용했음에도 불구하고 태허 진인은 깨어날 기미가 보이지 않았다.

어찌 된 것인지는 전혀 알 수가 없다.

"그렇습니다. 저희들로서는 영문을 알지 못하고, 유명한 의원들 역시 고개를 절레절레 흔들더군요."

자운이 고개를 끄덕였다.

"그래서 지푸라기라도 잡아보자는 거로군."

청수 진인은 거기에 긍정도 부정도 하지 않았다. 단지 도호를 외울 뿐.

"무량수불."

유명하다는 의원들이 두 손을 흔들었다면 자운으로서도 별수 없을 것이다. 하나 태허 진인은 청수 진인에게 있어 스승과 같은 존재다.

그렇기 때문에 쉬이 포기할 수 없을 것이다.

혹시나 조금 더 고수가 본다면 무언가 다를까 하여 자운이 무당에 온 김에 그것을 요청해 보려는 것이었다.

자운이 흔쾌히 고개를 끄덕였다.

"배도 부르겠다. 그럼 밥 먹은 값을 해야겠지?"

긍정의 의미. 자운의 말에 청수 진인의 표정이 환하게 밝아졌다.

"감사드립니다, 천 대협."

자운이 고개를 절레절레 흔들었다.

"의원들이 손을 흔들었다면 나라고 뾰족한 방법이 없을 듯

하나 일단은 좀 보고 그때 이야기를 해보자고."

 청수 진인의 말대로 태허 진인의 외상은 이제 거의 완쾌가 된 상태였다. 그러니 문제가 있다면 내상. 자운이 한숨을 내쉬며 손을 뻗어 태허 진인의 맥을 잡았다.
 '후우. 난다 긴다 하는 의원 놈들도 포기한 걸 나보고 어쩌라는 건지.'
 속으로는 그렇게 생각하지만 자운의 내기가 움직여 태허 진인의 맥을 타고 흘러들어 간다.
 자운의 의지대로 태허 진인의 몸 곳곳을 누비는 진기. 하나 아무리 찾아보아도 크게 내상을 입은 흔적은 보이지 않는다.
 '왜 그런 거지? 다른 문제가 있는 건가?'
 자운의 미간이 꿈틀 움직였다. 그러니 보고 있는 청수 진인으로서도 간이 철렁한다.
 "뭔가 문제라도 있소?"
 자운이 내기를 거두어들였다.
 "아니, 딱히 문제가 있는 건 아이야. 아무런 문제가 없어서 탈이지."
 자운이 고개를 절레절레 흔들며 말했다.
 "그게 무슨 말이오?"
 "좀 더 자세히 알아보기는 해야겠지만, 아무래도 내상이 없는 것 같다고."

 자운의 말은 청수 진인으로서 쉽게 믿기 힘들었다.

 내상이 거의 없다니, 그럼 외상도 거의 모두 치료가 된 마당에 왜 일어나지 않고 있다는 말인가.

 자운이 다시 태허 진인의 맥을 잡았다.

 "일단 다시 한 번 자세히 봐야겠으니 말 시키지 말고 기다려."

 의지를 집중해 내기를 움직인다. 그리고 천천히 세심하게 태허 진인의 몸속을 관찰했다.

 자운의 내기가 태허 진인의 내기를 거스르지 않고 움직였다. 그렇게 태허 진인의 몸속을 돌아다니기를 잠시, 자운의 내기에 무언가가 걸렸다.

 '어? 이게 뭐지?'

 그것은 너무도 미약한 기운이어서 자운도 온 신경을 집중해서 확인하지 않으며 알아 볼 수 없는 기운이었다.

 분명 태허 진인의 몸속에 있는 기운이 분명한데, 태허 진인의 기운과는 그 기세가 너무도 다른 기운의 조각. 자운이 천천히 그것을 살폈다.

 진기를 움직여 그것을 건드는 순간, 놈이 미친 듯이 날뛰며 발악을 하기 시작한다. 자운이 황급하게 식은땀을 흘리며 진기를 더욱 불어넣었다.

그리고는 날뛰는 놈을 제압하기 시작한다.

'빌어먹을, 뭐 이런 게 다 있어?'

일각 정도의 시간이 걸려 자운은 그것을 제압할 수 있었고, 그것의 정체 또한 알아낼 수 있었다.

'침투경의 기운이구나.'

아마도 칠적과의 전투에서 태허 진인의 온몸으로 파고들었을 것이다. 미세한 조각으로 나누어져 있기에 엄청난 기감을 가진 고수가 주의 깊게 살피지 않으면 있는 것을 알 수조차 없다. 그러니 평범한 의원들이 이 조각을 알아챌 리가 없다.

문제는 그것이 아니었다.

이런 조각이 수십, 수백 개나 태허 진인의 몸속에 들어 있다는 사실이 문제였다.

'처음 한 방은 모르고 맞았다지만, 그후에는 왜 이렇게까지 많은 침투경을 몸속으로 끌어들인 거지?'

곰곰이 생각해 보니 오래지 않아 결론이 났다. 자운이 태허 진인의 몸속으로 흘러들어 간 자신의 기운을 거두어들여 단전 속으로 갈무리하고는 청수 진인을 향해 말했다.

"이봐, 칠적과 태허 진인이 싸웠던 자리 좀 볼 수 있을까?"

자운의 말에 청수 진인이 물었다.

"무량수불, 그거야 어렵지 않은 일이지요. 혹 무언가 알아내신 겁니까?"

 지운이 가볍게 고개를 끄덕였다.

 "어. 그렇기는 한데 일단 좀 확실하게 보자고. 전투가 있었던 곳으로 안내해 봐."

 청수 진인의 안내를 받아 도착한 곳은 그야말로 가관이었다. 엄청난 힘의 기파가 사방으로 퍼져 나간 것은 느끼지 않아도 눈으로 본 것만으로도 알 수 있다.

 땅거죽이 모두 뒤집어지고, 초목이 사방팔방에 쓰러져 있다. 아무래도 복원되기 위해서는 반백 년 이상의 시간이 필요할 듯하다.

 "처절하네, 처절해."

 자운이 손을 뻗어 바닥을 가볍게 쓸었다. 뒤집어진 바닥이기 때문에 땅 속에 있던 흙이 겉으로 드러나 있다. 전해진 이야기에 의하면 태허 진인이 몸으로 막았기에 그친 것이라 할 수 있었다.

 "확실히 그 소문이 사실인 건 확실한데."

 그 침투경을 무공을 이용해 자신이 받아들이지 않고 뻗었다면 주변은 더 초토화가 되었을 것이다. 아마도 그 피해는 무당에 넓게 퍼졌겠지.

 그러니 태허 진인은 몸으로 모든 침투경을 받아내었다.

자운의 말에 아무것도 알지 못하는 청수 진인이 반문했다.

"그게 무슨 말입니까. 빈도가 우매하여 천 대협이 하는 말을 알아들을 수가 없구려."

자운이 청수 진인의 눈을 바라보았다. 그리고는 한숨을 한 번 내쉬고 태허 진인의 몸속에서 일어나는 이야기에 대해서 설명을 했다.

그의 몸속에 침투경이 침입해 있고, 그 침투경과 힘겨운 싸움을 벌이는 중이라는 것을. 물론 무당을 지키려는 마음이 과해 그 침투경을 모두 자신이 직접 맞았다는 이야기는 하지 않았다.

"지금도 치열하게 싸우고는 있지만, 검도자가 조금씩 승기를 잡아가고 있으니 좀 더 시간이 지나면 검도자가 깨어나기는 할 거야."

"그렇군요. 그럼 그 시간이 얼마나 걸릴지 혹시 예측할 수 있으십니까?"

자운이 고개를 끄덕였다.

"아마 검도자 혼자서 하면 삼십 주야 정도 걸리겠지. 내가 도와주면 보름 정도 걸리겠지만 이건 뭐 아무런 이변도 없을 때 이야기지. 무림에는 이변이라는 게 언제든지 발생할 수 있으니까."

자운이 입맛을 다시며 이야기를 마쳤다. 청수 진인이 자운을 바라봤다.

"무량수불. 천 대협, 빈도가 천 대협께 부탁드릴 게 있습니다."

"뭐? 혹시 검도자를 도와달라는 거야?"

자운의 말에 청수 진인이 고개를 끄덕이며 도호를 외웠다.

청수 진인의 모습에 자운이 피식 웃음을 흘리고는, 박수를 짝 하고 쳤다.

"그 정도야 해주지."

자운이 고개를 빙글 돌리며 한마디 더 던졌다.

"이걸로 너네 빚이 두 개다."

  *　　*　　*

자운은 그날부터 태허 진인을 도왔다. 자신의 내기를 불어 넣어 태허 진인의 몸속에 들어온 침투경을 제압하기 시작한 것이다. 본래 태허 진인 역시 그 일을 하고 있었던 데다가 자운의 힘이 더해졌으니 그 속도는 한층 빠르게 진일보했다.

'하아, 정말 끝도 없이 많구나.'

하지만 이놈의 침투경이 끝도 없이 많은지라 제압을 해도 해도 어디선가 또 기어나온다. 도대체 얼마나 많은 침투경을 몸으로 맞은 것인지 셀 수조차 없었다. 자운이 한숨을 쉬며 또 하나의 침투경을 제압하기 시작했다.

이놈은 단번에 달려들며 죽자고 날뛴다. 그러니 천천히 제압해 발악하지 못하도록 묶어두고 단번에 터뜨려야 한다.

'정말 적성 놈들, 더러운 무공을 쓰는구나.'

칠적의 무공은 세상에 알려지기를 금강불괴지신을 이루는 무공이라고 하는데, 이런 무시무시한 침투경까지 가지고 있었다.

자운이 한숨을 포옥 내쉬었다. 하나의 침투경을 제압하는 데 걸리는 시간은 약 일각 정도. 자운이 신중하게 기운을 움직여 또 하나의 침투경을 제압했다.

그렇게 치료에 들어가기를 칠 주야. 그동안 침투경의 숫자는 현저히 줄어 자운이 처음 알아채었을 때에 비해서 절반 정도만이 남아 있는 상황이다.

아무런 이변도 없이 이 상태가 칠 주야 정도만 더 지속된다면 무리없이 모든 침투경을 제압할 수 있을 것이 분명했다.

하지만 자운이 말한 바대로 무림이라는 곳은 이변이 워낙 많다. 태허 진인을 치료하는 중에도 역시 이변이 벌어졌다.

쾅—

거대한 기파가 무당의 산문을 뒤집어놓는다. 단번에 무당산 자락이 뒤집어지며 땅이 천재지변이라도 일어난 것처럼 갈라졌다.

천둥 같은 소리가 천지를 양단해 버릴 듯 울리고, 모래 먼지가 하늘을 집어삼킬 듯 솟구쳤다.

그 속에서 칠적이 천천히 걸어나왔다.

엄청난 속도로 하늘에서 떨어져 무당산 산문에 떨어진 것이 분명한데, 그의 몸에는 흠집 하나 없다.

마치 금강불괴지신을 자랑이라도 하는 듯하다.

무당의 산문에서 그가 푸흐흐 하는 소리를 내며 웃었다.

"약속대로 내가 돌아왔다."

무당을 지워 버리기 위해서.

칠적이 주먹을 뻗었다. 꽝 하는 소리와 함께 땅이 뒤집어지고, 세찬 경력이 직선으로 날아갔다. 폭풍처럼 질주하는 권풍은 무당 장로의 검을 때렸다.

무당의 장로가 검을 들어 권풍을 막았다.

쾅 하는 소리와 함께 평범한 청강검이 연검이라도 된 것처럼 휘어지고, 그 휘어짐을 이기지 못한 청강검이 쩡 하는 소리와 함께 터져 나갔다.

"크윽."

무당의 장로가 형편없이 바닥을 뒹굴었다.

"흐흐흐흐, 이렇게 또 한 놈을 죽이는구나."

칠적이 단번에 튀어나갔다. 그의 주먹에서 강력한 힘이 감돈다.

그대로 이어진다면 저 주먹은 무당 장로의 안면에서 터져 나갈 것이다.

그리고 그 주먹을 그대로 맞은 장로는 머리가 그대로 폭발하며 즉사할 것이 분명했다.

"청암(靑巖)!"

청수 진인인 자신의 사제 이름을 부르며 튀어나갔다. 그의 몸이 천화포접공의 묘리를 따른다.

천화포접공은 무당산 자소궁의 구궁팔괘에 속하는 단련법의 하나로 전진과 후진 도약력이 비약적으로 상승하기 때문에 그 묘리를 따르면 평범한 보법이라 할지라도 배의 묘리를 낸다.

또한 그의 손에서 펼쳐진 검은 사상류검이었다.

태극검(太極劍), 양의검(兩儀劍), 삼절검(三絶劍)과 함께 무당의 사대검법이라 손꼽히는 사상류검(四象流劍)이 화려하게 터져 나온다.

그의 검에서 빛이 맺히며 강기가 튀어나왔다.

선명한 검강이 사상류검의 묘리를 따라 흐르고, 무당의 장로를 공격하려는 칠적의 등을 때렸다.

쩌저저정—

쇳덩이와 쇳덩이가 충돌하는 소리. 과연 이것이 인간의 피륙과 검이 충돌하는 소리란 말인가.

놀랄 법도 하건만 청수 진인은 침착했다. 이미 한 번 본 적이 있기 때문이다. 등에서 느껴지는 아릿한 고통에 칠적이 장로를 죽이려다 말고 청수 진인을 바라보았다.

이미 청수 진인의 두 번째 공격은 시작되고 있었다.

검법에서 이어지는 공격은 장법. 무당면장이라 불리는 천고의 장력이 그대로 칠적의 배에 작렬했다.

쾅 하는 소리와 함께 칠적의 상체가 가볍게 흔들렸으나 끄떡도 하지 않는다.

오히려 엄청난 경력이 되돌아와 청수 진인이 좌수를 쓰지 못하게 되어버렸다.

뼈가 반대로 꺾여 버린 청수 진인의 좌수를 보며 칠적이 웃었다.

"푸흐흐. 감히 그따위 실력으로 내 금강불괴를 깨려 한 것이냐?"

말도 되지 않는 소리.

칠적의 입장에서는 그야말로 농담과 같은 소리로 들렸다. 칠적이 주먹을 뻗었다.

청수 진인이 보법을 밟았다. 현천보의 퇴보를 밟아 칠적의 제공권에서 벗어났으나, 청수 진인이 생각한 것보다 칠적의 제공권은 훨씬 길다.

"흥!"

칠적이 콧방귀를 뀌며 주먹을 그대로 뻗었다. 이번에도 역시 폭풍 같은 권법이 질주하고, 청수 진인이 온 힘을 다해 권풍을 막으며 소리쳤다.

"오행검진을 펼쳐라!"

무당에는 수많은 검진이 있다. 그중 손에 꼽는 것을 말해보라면 구궁검진과 오행검진이다.

무당의 양대 검진으로 불리며, 그 힘은 소림의 십팔나한에 비교해도 떨어지지 않는다.

청수 진인의 말에 무당의 장로들이 저마다 발을 움직였다. 칠적을 제압하기 위해서는 일대제자들로 오행검진을 펼친다 하더라도 무리다.

최소한 장로급이 나서야 한다.

무려 장로급이 오행검진을 펼쳤다. 그 힘은 십팔나한보다 훨씬 강력할 것이 분명했다.

기이한 기운이 칠적을 옭아매었다.

칠적이 자신의 몸을 옭아매는 기운을 느끼고 웃었다.

"푸흐흐. 그래, 이 정도는 해줘야 과연 무당이라 할 수 있지."

그 순간, 청수 진인의 벼락과 같은 외침이 터져 나왔다.

"수생목(水生木)!"

청수 진인이 진을 통제하고, 다른 장로들이 진을 구성한다. 그들이 청수 진인의 말에 따라 발 빠르게 움직이기 시작했다.

그와 동시에 수십 줄기에 이르는 검강 다발이 청수 진인의 검을 향해 날아들었다.

수십 줄기의 검강은 청수 진인의 검 위에서 단 하나의 검강으로 탈바꿈하고, 청수 진인이 그것을 이용해 오행검을 펼친다.

오행의 순리에 따르며 도를 좇는 검과 칠적의 주먹이 연달아 충돌한다.

칠적의 주먹 위에서도 강기가 타오르고 있었다.

"커억!"

연달은 충격 끝에 튕겨져 나간 것은 청수 진인이었다. 충돌할 때마다 침투경이 몸속으로 파고들고, 상상도 할 수 없는 고통이 온몸을 엄습한 탓이다.

'이런 엄청난 괴물과 싸우시면서 그 고통을 묵묵히 참아내셨다는 말인가.'

청수 진인이 자신의 사부 태허 진인을 생각하며 혀를 내둘렀다.

"뭘 그렇게 생각하는지는 모르겠지만."

칠적이 닐아들었다. 그의 손에서 강력한 흡자결이 발생하고, 흡자결에서 뻗어 나온 기운이 청수 진인을 옭아매었다.

그대로 청수 진인을 당겨 후려치려는 것이다.

"안타깝게도 오행검진이 깨졌군. 진의 중심을 이루고 있는 이가 이렇게 약해서야 원……."

무당의 장문인이 약하다?

무림의 그 누구도 그리 광오한 말은 내뱉지 못할 것이다. 하나 청수 진인은 반박할 수 없었다. 자신이 중심이 되어 이루던 오행검진이 칠적에 의해서 너무도 쉽게 깨어져 버린 탓이다.

"크윽."

청수 진인의 몸이 줄에 매이기라도 한 듯 질질 끌려갔다.

그리고 칠적이 주먹을 뻗으면 닿을 거리까지 끌려간 순간, 무당의 장로들이 청수 진인을 구하기 위해 몸을 날렸다.

하나 칠적은 콧방귀로 그들을 대했다.

"흥. 부나방 같은 것들."

그가 온몸으로 세찬 기파를 뿌리고, 그 기파만으로 주변 십여 장의 바닥이 뒤집어졌다.

또한 무당의 장로들이 이리저리 날려가 형편없이 처박혔다. 칠적이라는 절대의 존재 앞에서 무당은 너무도 미약했다.

"네가 무당 장문인이렷다?"

칠적이 주먹을 들었다.

"네 목을 따야겠다."

단번에 청수 진인의 머리통을 내려치려는 듯한 행동. 엄청난 경력이 그의 주먹 끝으로 모여들고, 바람이 일그러지는 현상이 벌어졌다.

마치 그의 주먹에서 대막의 용권풍이 생겨나는 듯하다.

청수 진인이 천천히 눈을 감았다. 이것으로 자신의 죽음이 확정된 것이다.

'무당의 맥이 내 대에서 끊어지는 것인가.'

분루가 흘러내린다.

칠적이 주먹을 뻗었다.

"죽어라."

용권풍이 청수 진인을 향해 질주하고, 그 사이로 누군가가 끼어들어 청수 진인의 머리채를 잡아당겼다.

단번에 그 자리에 있던 청수 진인이 사라지고, 칠적의 주먹이 허무하게 허공을 갈랐다.

칠적이 자신의 눈앞에서 사라져 버린 청수 진인과 상대를 찾으며 낮게 으르렁거렸다.

"누구냐!"

그에 대한 대답이 들려온 곳은 지붕 위였다.

"누구긴 누구야, 위대하신 나님이지."

그리고는 자운이 자신의 옆에 있는 청수 진인을 향해 말했다.

"너네 이걸로 빚 세 개째다."

第七章

연습은 실전같이, 실전은 연습같이, 몰라?

황룡난신

 자운이 전각 지붕에서 칠적을 내려다보았다. 한눈에 보아도 우락부락하고 느껴지는 기세가 강력한 것이 놈의 무공이 강하다는 것을 알 수 있었다.
 적성 내부에서도 무려 적(赤)의 이름을 가지고 있는 녀석이다. 강했으면 강했지 약할 리 없다.
 그 강함은 자운이 몸소 느끼고 있었다. 눈앞에서 먹잇감을 빼앗긴 것이 마음에 들지 않는지 놈은 자운을 향해 세찬 기파를 보내었고, 그 기파 때문에 피부가 저릿저릿하고 따끔거릴 정도다.

자운이 자신의 옆에 있는 청수 진인을 보며 피식 웃었다.

"그렇게 화내지 말라고. 이런 거 잘못 먹으면 배탈 나니까."

자운이 천천히 아래로 내려갔다. 그의 발끝이 바닥에 닿고, 탁 하는 소리와 함께 자운이 바닥에 내려선다.

"넌 누구지?"

칠적이 자운을 향해 묻자 자운이 어깨를 으쓱해 보인다.

"요즘 꽤 유명하다고 생각했는데 생각보다 아닌 모양이네. 좀 더 노력을 해야 하나?"

자운이 이죽거리며 자신의 팔에 수놓아져 있는 황룡이 잘 보이도록 들어 보였다.

금빛 황룡이 자운의 팔 움직임에 따라 이리저리 꿈틀거린다. 그것까지 확인한 후에도 자운의 정체를 알지 못할 리가 없다.

"철혈난신인가?"

"물론 바로 그게 나야."

자운이 당당하게 가슴을 들며 그렇게 말하자 칠적이 이죽거렸다.

"검도자는 왜 안 나오고 누런 지렁이가 나온 거지?"

"아, 검도자는 아직 뻗어 있어. 그보다 지렁이 아니다."

뻐억—

자운이 주먹을 휘둘렀다. 단번에 강력한 권풍이 몰아치고, 그 사이로 권강이 질주한다.

대기를 꿰뚫어 버린 권강은 그대로 칠적의 몸을 후려치고, 칠적이 두 손을 포개어 자운의 권강을 막았다.

퍼억-

반보도 미끄러지지 않는다. 자운이 그 모습을 보고 피식 웃었다.

"과연 적은 적이란 말이지."

"이것도 주먹이라고 날린 거냐?"

칠적이 손을 털어 남은 통증을 모두 흘려버리며 말했다. 권강이라 하면 상당히 강력한 기의 집약체이지만, 금강불괴지신을 이룬 칠적에게 이 정도의 권강은 크게 문제가 될 것이 아니다.

"물론 인사치레로 한번 날려본 거였는데, 어때? 마음에 들어?"

자운이 이죽거리고, 칠적이 웃었다. 누런 이가 다 드러나도록 웃어 보이는 그의 모습은 상당히 역겹게 보인다.

금강동인과 같은 구릿빛 피부를 빛내며 누런 이를 내보이는 모습은 상상 속에서도 보기 싫은 모습이다.

자운이 손으로 입을 가리며 다른 한 손을 흔들었다.

"어우 야, 좀 가려라. 역겹다."

자운의 말에 그가 미간을 꿈틀거리며 주먹을 높게 쳐 들었다. 그의 두 손으로 대기가 빨려들어 가고, 정면에서 느껴지는 중압감은 거대한 화포를 마주한 듯하다.

단번에 포탄을 쏘아 보내고, 일대를 초토화시켜 버릴 포탄이 그의 손에 장전된다.

꾸드드드득―

뼈가 뒤틀리는 소리가 났으나 실제로 뼈가 뒤틀리는 소리는 아닐 것이다.

그것은 대기가 비틀어지는 소리였다.

눈에 보일 정도로 선명하게 공간이 일그러졌다. 단 한 수에 자운을 쳐 죽이려는 것인가?

자운이 피식 웃었다.

그리고는 허리춤에서 검을 찾았…….

'빌어먹을, 해검지에 풀어놨지.'

어쩔 수 없다. 두 손으로 막아야 한다. 아무래도 지금 당장 검 대신 사용할 수 있는 것은 검결지다.

두 다리를 땅에 박아 넣어 굳건하게 하고 말아쥔 검결지 위로 힘을 더했다.

단전에서부터 노도와 같이 휘몰아친 내력이 폭포수처럼 검결지 위로 쏟아진다.

자운이 용린벽을 세우며 소리쳤다.

"빨리 내 칼 가져와! 내 칼!"

용린벽이 흔들린다. 자운이 그 흔들림 속에서 몸을 뒤로 회전시켰다.

한 바퀴 회전한 자운의 몸이 뒤쪽의 벽을 박찼다. 그와 동시에 칠적을 향해 솟구치는 자운의 신형, 그의 손이 빙글빙글 돌았다.

염룡교의 수법이 자운의 손끝에서 튀어나온다.

"소용없다!"

놈이 소리를 치며 자운의 공격을 너무도 쉽게 막아내었다.

쩌엉 하는 소리와 함께 염룡교가 통하지 않는다.

과연 금강불괴, 자운이 침음성을 흘리며 뒤로 물러섰다. 손을 타고 얼얼한 감각이 흘러들어 온다.

그뿐만이 아니었다. 놈과 격돌하는 순간, 아주 작은 조각의 침투경이 파고들어 왔다. 침투경이 기맥 속에 들어 있는 아릿아릿한 감각이 선명하다.

자운이 아픔을 참으며 뒤에 내려섰다.

"빌어먹을 몸뚱이가 더럽게 단단하네."

"그게 바로 내 자랑이지."

"머릿속까지 단단하면 그게 바로 돌대가리겠지?"

그가 웃었다.

"어설픈 격장지계가 통할 거라고 보는가?"

자운 역시 웃었다. 어느새 얼얼한 손의 통증은 모두 털어버린 지 오래였다.

"글쎄, 막 던지다 보면 하나 정도는 걸리지 않겠어?"

자운의 말에 놈이 단번에 튀어나온다.

격장지계에 휩싸인 것이 아니다.

놈은 조롱의 미소를 띠우고 있었다.

"그렇게 평생 해봐라."

자운이 피식하고 웃으며 놈의 몸에 마주쳐 갔다.

육탄돌격처럼 보였으나 단순한 육탄돌격이 아니다.

놈의 몸에 부딪치는 순간, 감당하지 못할 고통이 느껴질 거라는 것은 자운도 잘 알고 있었다.

자운의 손이 변화를 그렸다.

그리고 뻗지 않은 손과 칠적의 몸이 충돌한다.

"그 전에 넌 죽어."

손에서 그려낸 문양이 칠적의 공격을 허공중으로 와해했다.

자운이 다른 한 손으로 권격을 뻗었다.

직접 타격할 경우 침투경이 타고 들어올 수 있었기 때문에 권강을 날렸다.

금빛 권강이 찬란한 빛을 발하며 자운의 손끝에서 튀어나왔다.

"내 칼만 오면 말이야."

"흥."

칠적이 콧방귀를 뀌었다.

칠적의 몸과 권강이 충돌했다. 권강이 한순간 눈이 멀어버릴 듯한 빛을 발하며 터졌다. 그 틈을 타서 자운이 뒤로 몸을 뺐다.

자욱하게 모래 먼지가 일고, 그 속에서 칠적의 신형이 점차 드러났다.

어느 정도 상처를 입었을 것이라 생각했는데, 전혀 상처를 입지 않았다.

"괴물 같은 놈."

칠적이 누런 이를 드러내며 웃었다.

"칭찬으로 듣지."

"역겨우니까 하지 말라고 했지."

자운의 몸이 빙글 하고 회전했다. 양손으로 주변의 바람이 딸려 들어온다. 마치 용이 하늘로 승천하는 듯한 모습, 자운이 두 손으로 바람을 단단히 움켜쥐었다.

그의 손에서 바람이 압축되고 또 압축되었다.

공간을 일그러뜨리며 압축되는 바람은 이윽고 두 개의 구체를 만들어 내었다.

자운이 구체를 던졌다.

풍룡신탄(風龍申彈)!

바람을 부리는 용이 폭풍을 날렸다.

작은 바람의 구는 칠적을 향해 날아가며 그 세를 불렸고, 주변의 바람을 잡아 당겼다.

주변의 바람이 그 작은 구체 속으로 빨려들어 가고, 세가 불어나자 그것은 진정 폭풍이 되었다.

폭풍이 놈을 덮친다.

아무리 금강불괴라 할지라도 밀려오는 바람에 몸이 뒤로 밀려나지 않게 버틸 수는 없을 것이다.

자운이 펼치는 풍룡신탄은 그야말로 천재, 대막의 용권풍에 비교해도 뒤지지 않을 정도의 힘이다.

바람이 회전하며 칠적의 몸을 세차게 때렸다.

상처는 입지 않았으나, 그 힘이 적지 않아 칠적이 뒷걸음질을 치며 두 주먹에 한 가득 힘을 불어넣었다.

그대로 풍룡신탄을 때려 버릴 생각이었다.

그의 두 손이 붉게 물들 정도의 내공이 피어오르고, 선명한 권강이 풍룡신탄의 핵을 때렸다.

쾅 하며 지축이 흔들렸다.

한순간 대지가 뒤집히고, 그 너머의 대지가 파도치듯 출렁였다.

출렁이는 바닥에도 다리가 흔들리지 않고 그 위에 가볍게 내려서는 자운.

 칠적의 주먹과 충돌한 풍룡신탄은 힘을 잃었다.

 두 개의 풍룡신탄이 사라지고, 칠적이 그 속에서 허리를 일으켰다.

 "잔재주가 재미있구나. 하지만 수준은 네 어설픈 격장지계와 다르지 않다."

 자운이 피식하고 웃음을 흘렸다.

 "이것도 막 던지다 보면 하나는 효과가 있지 않겠어?"

 자운이 다시 솟구쳤다. 이번에는 이전과 다르다. 대각선으로 솟구치고, 그의 몸이 향하는 곳은 칠적의 머리가 있는 곳이었다.

 "이것도 맞아보라고."

 자운이 세차게 다리를 회전시켰다. 다리 끝에서 강력한 힘이 일어나고, 용이 발톱을 내리긋는 듯한 각법이 펼쳐졌다.

 따다당—

 한 번에 세 개의 발톱이 상에서 하로 내리그었으나 칠적은 두 팔을 교차하여 금강불괴로써 막아낸다.

 "이제 내 차례겠지?"

 자운이 칠적의 지근거리에 있을 때, 칠적이 씨익 하고 웃으며 두 주먹으로 허공을 때렸다.

 자운이 욕지기를 뱉었다.

"젠장."

동시에 검결지를 말아 허공중에 용린벽을 세운다.

급하게 세운 용린벽이라 얼마나 버틸지는 모르겠지만, 없는 것보다는 나을 것이다.

자운이 냉정하게 상황을 읽었다. 공격은 한 번으로 그치지 않을 것이 분명했다.

그 순간, 거대한 권격과 용린벽이 충돌했다.

콰앙—

거대한 힘의 충돌, 그 속에서 소용돌이가 발생하고, 하늘을 뚫을 듯 힘의 기파가 솟구쳤다.

검도자는 무당을 지키기 위해 온 힘을 다해 칠적의 공격을 분산시켰지만, 자운은 칠적의 공격을 분산시켜야 할 이유가 없다. 편하게 막아내고 흘려냈다.

세찬 기파가 사방팔방으로 뻗어 나갔다.

청수 진인이 올라서 있던 누각이 무너지고, 청수 진인이 풀쩍 뛰어 다른 곳으로 건너가며 말했다.

"다들 피하거라. 절대의 영역에 접어든 고수들의 싸움이다. 감히 우리의 잣대로 판단해서는 안 될 것이다."

그리고는 온 힘을 다해 기파를 막았다.

무당의 제자들로 향하는 기파를 막아내는 것이다. 검을 쥔 손아귀가 터져 나갈 것 같다.

기파에 충돌하는 것만으로 찢어져 피가 흐른다.

막아내지 못한 기파 몇 개가 뻗어 나가 무당의 건물을 무너 뜨렸다.

"무량수불."

분명 깊은 역사가 담긴 건물이다. 하나 건물보다 중요한 것이 사람 아니겠는가.

'사부님, 죽어서 선대의 죄를 받는다면 제가 다 받겠습니다. 그러니 저는 지금 제자들을 지키겠습니다. 무량수불.'

무당의 정순한 내공심법에서 뻗어 나온 기운이 온몸을 순환하고, 온 힘을 다해 뻗어 나오는 힘의 줄기를 막아내었다.

고작 줄기일 뿐이다. 고작 줄기 하나를 막는 것이 이렇게 힘든데, 저 힘의 폭발 속에 몸을 담그고 있는 자운과 칠적은 정말로 사람인가?

그런 생각도 들었다.

'허허, 정말 저들은 사람이 아니구나.'

사람이 아닌 초인이다. 한참을 힘이 더 뻗어 나가고, 그 속에서 자운의 몸이 날았다.

"캐액!"

빙글빙글 날아가 충격을 줄인 자운이 바닥에 가볍게 떨어져 내리며 손을 털었다.

"으아아, 아퍼라, 아퍼. 이 무식한 놈아, 때리면 때린다고 말을 하고 때려야지 갑자기 주먹질을 하면 어쩌자는 거냐."

자운이 틀어진 손가락뼈를 오만상을 쓰며 맞추었다. 조금 불편하기는 하지만 움직이기는 한다. 부러지지는 않은 모양이다. 자운이 아직도 아픈 손가락을 꿈틀거렸다.

자운의 말에 놈이 흐흐 하며 웃는다.

"이게 비무인 줄 아느냐. 웃기는 소리를 다 하는군, 이 미친놈이."

자운이 이죽거렸다.

"지랄. 연습은 실전같이, 실전은 연습같이, 몰라? 그럼 연습 같은 실전을 해야 할 거 아냐. 앞으로 때리면 때린다고 말하고 때려라."

"미친놈이 발광을 하는구나."

"발광이 아니라 이렇게 말하라고. 나 때린다."

자운이 말과 동시에 주먹을 휘둘렀다. 칠적이 막기 위해 두 팔을 교차하고, 자운의 주먹이 휙 하고 사라진다.

주먹은 허초, 진력을 담아 펼쳐 내는 것은 각법이었다.

자운의 발끝이 칠적의 두 팔 사이를 파고들어 가 놈의 턱을 때렸다.

땅―

쇠끼리 부딪치는 소리가 울렸다.

그리고, 칠적의 몸이 한순간 흔들린다. 타격은 없었지만 턱을 맞았기 때문에 울림이 뇌로 전달된 것이다.

"크윽."

놈이 신음을 흘렸다. 그리고 자운을 노려보았다.

"이놈."

자운이 뒤로 빠지며 이죽였다.

"노려보면 어쩔 건데? 네가 심즉살의 경지라도 되냐? 얍, 죽어라! 하면 내가 죽어줄 것 같냐?"

"개자식아!"

이번에는 통했다. 턱을 맞고 뇌가 흔들린 터라 한순간 판단이 흐려졌기 때문이다.

놈의 허리가 회전했다. 대포와 같은 주먹을 쏘아내기 위한 준비동작이었다.

화를 내는 칠적을 보고 자운이 웃었다.

"거봐. 막 던지면 하나는 통한다니까."

다시 한 번 포탄 같은 주먹질이 튀어나온다. 자운이 대경실색을 하며 몸을 움직였다.

온몸으로 비명을 내지르며 권역에서 빠르게 벗어나고, 그가 손을 털었다.

두 주먹이 선명한 불꽃에 휩싸인다.

염룡교의 수법!

자운의 주먹을 막기 위해 칠적이 뻗은 주먹을 회수하고 쌍

장을 교차했다.

까앙—

금강불괴지신에 이른 몸에 자운의 주먹이 충돌하고, 때린 자운이 오히려 주르륵 밀려났다.

"미친. 몸이 쇳덩이구나."

"흐흐흐. 내 몸은 그 어떤 것으로도 부술 수 없다."

"염병하지 마. 엿이나 먹으렴. 넌 내 칼만 가져오면 끝이야."

자운이 말을 하며 청수 진인을 흘깃 보았다. 자운의 눈빛에 청수 진인이 고개를 끄덕인다. 이미 제자를 시켜 검을 가져오라고 한 뒤다.

자운이 다시 칠적을 바라보았다.

"그전에 너는 끝나겠지."

자운이 피식 웃는다.

"느려터진 게 말이 많네. 내가 그때까지 도망만 다니면 너, 나 잡을 수 있어?"

자운의 말에 칠적이 미간을 찌푸렸다. 확실히 파괴력은 칠적 쪽이 위지만 움직임은 자운 쪽이 빨랐다.

자운이 작심하고 도망만 다닌다면 칠적으로서도 잡기 어려울 것이다.

하나 꼭 어려운 것만은 아니다.

도망을 가는 것보다 빠르게 권역으로 그곳을 뒤덮어 버리면 되니까.

"네 녀석의 움직임 하나 잡는 것은 그리 어려운 일이 아니지."

그가 주먹을 꾹 말아 쥐고, 자운이 웃었다.

"그럼 해볼까?"

휙 하는 소리와 함께 자운이 사라진다. 마치 불어온 바람에 호롱불이 꺼지는 듯한 움직임. 재빠른 자운의 신형이 사방에 내달린다.

자운의 신형을 기감으로 쫓은 칠적이 자운을 향해 주먹을 뿌렸다.

쾅―

쾅쾅―

다른 무인들은 상상도 하지 못할 정도로 강력한 권강이 천지사방을 난도질하고, 무당의 무인들에게 대재해와 같은 일이 일어났다.

사방으로 뻗어 나오는 권격을 피하지 못하고 죽어가는 것이다.

그것을 보다 못한 무당의 장로들이 움직였다.

그들이 오행진을 펼친다. 그 중간에는 청수 진인이 검을 들어 진을 통제하고, 오행진이 움직여 권강을 막아낸다.

다음으로 움직인 것은 일대제자들이었다.

오행진을 이용해 막아내고 분산시킨 권격을 일대제자들이 혼신의 힘을 다해 막아내었다. 본래 순수한 칠적의 권격은 일대제자들이 막아내지 못한다. 무당의 장로라도 해도 감히 검을 맞대는 것을 두려워할 정도의 위력이니 말이다.

하지만 오행진에 의해 힘이 약해진 권격이라면 일대제자로서도 조금 힘이 들더라도 처리할 수 있었다.

그것이 무당에게 있어서는 다행이라면 다행. 그런 무당의 상황을 아는지 모르는지 자운의 신형이 허공중을 계속해서 질주했다.

빠르게 바람이 자운의 불을 스치고 지나간다.

발끝을 지나는 거대한 기운이 느껴진다. 자운이 조금 더 빠르다고는 하나 간발의 차이. 한순간이라도 긴장을 늦춘다면 권격에 먹이가 되고 말 것이다.

"이놈, 정말 내빼는 제주 하나만큼은 천하일절이라고 할 만하구나."

자운이 웃으며 바닥을 박차고, 신형이 빙글 돌아 칠적의 뒤에 나타난다.

"칭찬은 고마운데, 주먹질도 좀 해."

자운이 칠적의 뒤에서 주먹을 뻗었다. 칠적이 기운을 끌어올려 금강불괴를 더욱 단단하게 하고, 권강이 넘실거리는 자운의 주먹이 충돌했다.

꽈앙 하는 소리와 함께 자운의 몸이 튕겨 나갔다.

충돌의 여파로 인한 것이 아니라 자운이 힘을 역이용해 내뺀 것. 그와 동시에 칠적의 몸 역시 두 걸음 정도 밀려난다.

아무리 금강불괴지신이라고는 하지만, 지근 거리에서 상상할 수 없을 정도의 내력이 집약된 권강과 충돌했다.

무사할 리가 없다.

놈이 신음을 흘렸다.

"으윽."

자운이 두 손을 털어 손에 남은 통증을 완화했다.

"아, 젠장! 네 몸뚱이 너무 단단해서 안 되겠다."

이대로 간다면 끝이 나지 않을 것이다.

검이 오든가 해야 놈과 결판을 볼 수 있을 것이 분명한데, 검을 가지러 간 제자는 황룡신검을 만들어 오는지 너무 늦는다.

'그보다 황룡신검이 저 몸뚱이에 통하기는 하려나?'

신검의 예기가 여타 명검이라 불리는 것들에 비해서는 배이상 날카로운 것이 분명하지만, 지금까지 금강불괴지신과의 충돌은 단 한 번도 없었다고 볼 수 있다.

자운이 머리를 굴리며 훌쩍 뛰었다.

방금 전까지 자운이 서 있던 자리 위로 화가 머리끝까지 뻗은 칠적의 몸이 지나갔다.

 육탄돌격.

 칠적이 익히고 있는 무공은 금강불괴신공이 아니다.

 단지 부가적인 힘으로 금강불괴의 힘이 있을 뿐, 그가 익히고 있는 마공의 이름은 금강지존공. 금강불괴에 이른 신체를 이용한 육탄돌격이 주가 되는 무공이었다.

 "너 돼지 오줌통으로 만든 공 같다?"

 육탄돌격을 하며 몸을 굴려오는 그의 모습은 마치 공과 같았다.

 자운이 뭐라 이죽거리든 말든 칠적은 자운을 죽여 버리려는 듯 돌진했다.

 "아, 젠장. 칼도 없는데 귀찮게 하네."

 자운이 다시 검결지를 말아 쥐었다. 용린벽을 세우려는 것.

 이전에는 흘릴 시간이 없어 단지 막아낸 것이지만, 이번에는 용린벽을 이용해 재밌는 것을 보여줄 생각이었다.

 "이번에는 좀 아플 거다."

 자운의 손끝에서 용의 비늘이 일어나 그의 앞을 막아섰다.

 약간은 비스듬하게 세워진 용린벽.

 자운이 용린벽의 끝에 온 신경을 집중했다.

 그리고 용린벽과 칠적이 충돌하는 순간…….

콰앙—

자운의 몸이 한차례 크게 흔들린다.

그리고 자운이 이화접목의 수법을 이용해 여력을 끌어당겼다. 용린벽과 충돌하고 사방으로 뻗어 나가려던 힘이 자운의 손끝으로 모여들었다.

연달아 자운이 뻗어낸 것은 권군적룡주(拳君赤龍主).

현 황룡문에 존재하는 최고의 권법이다.

자운의 손끝에서 붉은 용이 튀어나온다. 여의주를 문 붉은 용. 용은 강기요, 여의주는 강환이다.

눈으로 확인할 수 없을 정도로 회전하며 압축된 강기는 공과 같은 모습을 띤다.

그것이 바로 강환. 강환과 금강불괴신공이 충돌했다.

쾅—

한순간 금강불괴가 휘청하고, 칠적의 허리에 피가 흘렀다.

"내 몸에 상처를 만들어?"

칠적의 미간이 꿈틀한다. 깊은 상처가 아니다. 그저 베인 듯이 보이는 상처. 피도 그리 많이 나지 않는다.

하지만 금강불괴가 깨졌다는 사실이 그의 자존심을 상하게 만들었다.

"왜? 맞으니까 아프냐?"

자운의 말에 놈이 고개를 끄덕인다.

"오냐, 그래. 많이 아프구나. 너도 좀 많이 아파라."

자운이 그 자리에서 내뺐다. 자운이 서 있던 자리에 유성이 충돌하듯 칠적이 찍어내렸다.

쾅—

깊은 구멍이 파이고, 그 구멍 속에서 다시 칠적이 솟구친다.

허공으로 쏘아진 포탄이 자운을 노리는 듯하다.

자운이 허리를 비틀었다.

그 모습이 운룡제팔식과 몹시 닮았으나 사실은 다른 무공이다. 운해황룡의 다른 모습으로서 정말로 구름 속을 노니는 황룡의 모습이 그대로 드러났다.

자운의 몸이 아홉 번 틀어지며 칠적의 공세를 피해내었다.

"무식하게 좀 달려오지 마. 그리고 난 아픈 건 정중하게 사양할게."

입으로는 농을 던졌지만, 자운의 근육은 쉴 새 없이 수축과 팽창을 반복하며 긴장을 유지하는 중이었다.

'아, 정말 죽겠다. 도대체 칼은 언제 오는 건지.'

자운이 혀끝을 차며 다시 허리를 비틀었다.

그가 염룡교를 연달아 뿌린다. 염룡교가 수준 낮은 권공은 아니지만, 놈에게는 거의 통하지 않는다.

그럼에도 불구하고 염룡교를 뿌리는 이유는 놈의 시야를

멀게 하기 위함이었다.

염룡교가 터지기 한순간 전, 주먹이 밝은 색으로 백열하며 염화(炎火)가 피어오른다.

그 염화를 넓게 퍼뜨려 놈의 시야를 흩뜨려 놓는 것이다.

"크윽. 이놈, 언제까지 도망만 다닐 생각이냐?"

자운이 생각할 것도 없다는 듯 답했다.

"뭘 당연한 걸 물어보냐. 내 칼이 올 때까지 도망갈 건데, 왜? 좀 쉬게?"

자운이 칠적을 향해 말했다.

"너 하나 잡아 죽일 때까지는 못 쉬겠다."

다시 한 번 돌진하는 칠적. 자운이 손을 흔들었다. 두 손에서 수십 다발에 이르는 염화가 피어오르고, 놈의 시야를 흔들었다.

"그럼 평생 못 쉰다. 불쌍하네."

자운이 허리를 틀었다. 그곳으로 놈의 주먹이 스치고 지나간다.

파바밧—

두 발이 움직이고, 연달아 퇴법이 뻗어 나왔다. 퇴법으로 놈의 목을 꺾어 버리려는 것이다.

자운의 발끝이 놈의 목을 걷어찼다.

"커억—"

놈의 움직임이 한순간 멈칫한다. 목은 대나무와 같이 속이 비어 있다. 그래서 강한 힘으로 때리게 되면 그 충격이 속에서 울린다.

아무리 단련이 되어 있다고 하지만, 목에서 계속해서 울리는 충격에는 칠적도 한순간 멈칫할 수밖에 없었다.

"역시 생각대로네."

칠적이 몸을 멈칫한 순간을 타 자운이 거리를 벌리며 말했다. 하나 욱신거리는 것은 자운의 발끝도 마찬가지. 이 상황이 계속 이어진다면 남는 것은 하나다.

체력의 고갈. 더 체력이 많은 쪽이 이기게 될 것이다.

자운이 미소를 지으며 속으로 이죽거렸다.

'아, 늙어서 체력이 약한데 말이지. 오래 못 버티려나.'

자운의 속마음과는 달리 몸은 아직 멀쩡하기 그지없다.

놈이 자운의 얼굴을 노려보았다. 지금까지 무식하게 육탄 돌격을 하던 것과는 분명하게 달랐다. 놈이 누런 이를 드러내 보이며 씨익 웃는다.

"정말로 관을 봐야 눈물을 흘릴 놈이구나."

자운이 웃었다.

"역겨우니까 그거 치우라고 했잖아."

"놈!"

그가 두 손을 뻗었다. 그의 등 뒤에서 마신상이 떠오른다.

네 개의 발을 가진 마신상. 저것은 아수라인가?

아수라가 아니다.

무어라 표현할 수 없는 것이었다.

"거마혼(巨魔魂)이다. 재주껏 막아봐라."

거대한 마신상. 눈으로는 흉흉한 시세를 뿌리는 것이 분명 만만치 않다.

그가 주먹을 뻗었다. 절대로 닿지 않을 거리. 그 움직임에 맞추어 거마혼의 팔이 움직인다.

그그그그그—

흑색 마신이 주먹을 들어 자운을 내려친다.

자운이 대경실색을 하며 소리쳤다.

"이런 미친."

설마 저 거대한 게 움직일 거라고는 생각도 하지 못했다. 그뿐만이 아니다. 거대한 덩치에 어울리지 않게 움직임 또한 빠르다.

자운이 잽싸게 바닥을 박찼다. 쾅 하는 소리와 함께 거마혼의 주먹이 바닥을 내리찍고 바위가 허공으로 튀어올랐다.

그중 하나가 자운을 향했다. 자운이 발끝에 힘을 모아 자신을 향해 날아오는 바위를 박살 내었다.

그 너머로 드러난 칠적은 그야말로 악마였다.

거대한 마기를 몸 줄기줄기 휘감았다. 그 모습이 마치 갑옷과 같다.

흑색 갑옷으로 전신을 무장한 지옥의 신장과 그 신장이 부리는 마귀와 같다.

자운이 식은땀을 흘렸다.

"젠장. 네가 숨겨둔 마지막 한 수라 이거냐?"

칠적이 으스스하게 웃는다.

"얼마 전 무공을 대성했지. 이걸 한다면 육적에게도 지지 않을 자신이 있다."

"그 육적이 내 손에 죽었어."

"흐흐흐. 독성과 합공을 했지."

"젠장. 왜 그 영감탱이는 끌어들인 거냐. 내가 죽였어. 내가 죽였다고. 너 정말 죽고 싶냐?"

자운이 버럭 화를 냈다. 재주는 자기가 부렸는데 왜 그 공을 독성과 나누어 가져야 한다는 말인가. 안 그래도 마지막 육적의 숨통을 끊은 것이 독성인지라 소문도 그렇게 났는데 말이다.

자운의 물음에 놈이 웃었다.

"어디 한 번 죽여봐라."

마기가 사방으로 뻗어 나오고, 그 속에서 거마혼의 주먹이 회오리쳤다.

두 주먹으로 용권풍을 만들어내는 것을 본 적이 있는가?

거마혼이 그러했다.

두 주먹을 휘둘러, 총 네 개의 팔을 움직여 두 개의 용권풍을 만들었다.

거대한 자연 재해가 그대로 자운을 덮쳤다.

자운이 용권풍을 피해 이리 뛰고 저리 뛰었다.

"으아아! 으아아아아아! 으아아아! 이 미친놈아!"

저 용권풍에 휩쓸린다면 자운으로서도 무사하지 못할 것이다. 아마 운이 좋으면 몸이 갈가리 찢겨 시체 정도는 찾을 수 있을 것이고, 운이 좋지 않으면 정말 시체라고 하기 어려울 정도로 몸이 조각나 버릴 것이다.

'이백 살이나 먹었지만 아직은 못 죽어주겠다!'

해야 할 일을 하지 못했으니까.

자운이 우득우득 양손으로 검결지를 말아 쥔다.

용린벽, 두 개의 용린벽이 자운의 앞을 단단하게 마주하고, 용권풍과 용린벽이 충돌했다.

"크윽"

자운의 입가로 피가 흐른다. 몸속의 핏줄을 벌레가 갉아 먹는 기분. 침투경이 자운의 몸속을 파고들어 왔다.

아직 많은 양은 아니지만 쌓이고 쌓인다면 위험하게 될 것이다.

'검만 있었어도……'

용권풍째로 두 조각을 내어버렸을 것이다. 자운이 눈을 돌렸다.

아직까지 검이 오지 않는다.

하나의 용린벽이 깨어지고, 하나의 용권풍이 사라졌다.

꽈과과광—

"큭."

용린벽을 이루고 있던 자운의 우수가 튕겨 나갔다. 자운이 튕겨 나간 채로 흡자결을 운용했다.

자운의 손에서 강력한 흡기가 발생하고, 아무렇게나 떨어져 있던 무당의 검 하나가 자운의 손아귀로 빨려들어 왔다.

"황룡신검보다는 못하지만 없는 것보다는 낫겠지."

자운의 검에서 황룡이 꿈틀거린다.

의형강기가 일어났다.

용린벽을 회수하고 뻗어내는 것은 황룡검탄(黃龍劍彈)!

그리고 질주하는 것은 광룡폭로(狂龍爆路)!

황룡검탄이 용권풍을 집어삼키고, 자운의 발이 향하는 곳이 터져 나갔다.

꽝—

꽝—

꽝꽝꽝—

지진이라도 일어난 양 자운이 밟은 곳이 터져 나간다.

땅이 쩌적 갈라지고, 구덩이가 이리저리 생겼다. 광룡폭로와 칠적이 연달아 충돌했다.

까앙—

직도황룡으로 그어내렸으나, 놈의 몸에서는 생채기 하나 생기지 않는다.

'강환이 아니면 먹히지 않는 건가.'

자운으로서는 미치고 환장하여 팔짝 뛸 지경이었다. 강환을 쓴다면 어찌어찌 놈에게 상처를 입힐 수는 있을 것이다. 하지만 그 후가 문제다.

강환에 들어가는 내력은 자운으로서도 감당하기 힘들 정도로 많기 때문이다. 아마 강환을 뿌리며 싸우면 이각 안에 자운의 내력이 바닥날 것이다.

이각, 무림인들이 이 소리를 들었다면 기겁했을 것이나 지금 당장 자운에게는 그리 긴 시간이 아니었다. 이각 안에 결판을 낼 자신이 없었던 것이다.

광룡폭로의 보법을 회수한 자운이 운해황룡의 퇴법을 밟았다.

자욱한 모래 먼지가 일고, 자운이 기감을 넓게 퍼뜨려 그 속으로 녹아내렸다.

자운의 신형이 모래 먼지 속으로 모습을 감춘다.

"놈! 또 도망가는 것이냐!"

자운이 답했다.

"어. 미안한데 칼이 나갔다. 다른 걸로 좀 바꾸게."

그 소리가 허공에서 울리는지라 소리를 듣고도 칠적은 자운의 위치를 잡아내지 못한다.

그 틈을 타 자운이 다른 검을 집어 들었다.

몇 번 충돌하지도 않았는데 이가 나갔다.

'더럽게 단단하네. 저게 사람이야, 쇳덩이야.'

정확하게 말하면 쇳덩이처럼 되어버린 사람일 것이나, 자운에게는 아무런 상관이 없었다.

그저 속으로 욕이라도 좀 해야 답답한 것이 풀릴 것 같아 그리했을 뿐이다.

검을 바꾼 자운이 모래 먼지 속에서 튀어나갔다. 이번에도 발에는 광룡폭로의 초식이 운용되고 있었다.

바닥이 터져 나가고, 그대로 빛살처럼 튀어나간 자운의 몸과 칠적이 연달아 충돌한다.

쩡—

쇠와 쇠가 부딪치는 소리가 계속해서 울렸다.

자운이 인상을 썼다. 이 거마혼과 충돌할 때마다 적지 않은 양의 침투경이 흘러들어 왔다.

충돌할 때마다 침투경이 흘러들어 오는 무공이라니, 칠적이 왜 육적과 싸워도 지지 않을 것이라 장담했는지 알 수 있을 것 같았다.

 칠적의 거마혼이 움직인다.

 자운을 정면에서 찍어내렸다.

 자운이 검면을 들었다.

 강기가 피어오르고, 검면과 거마혼의 주먹이 그대로 충돌한다.

 쩡—

 자운의 손에 들린 검이 부서졌다. 조각난 파편이 사방으로 뻗어 나갔고, 자운의 몸에 그대로 거마혼의 주먹이 작렬했다.

 뻐엉—

 터진 공처럼 자운의 몸이 날아갔다. 줄 끊어진 추가 그러할까?

 자운의 몸이 허공을 훨훨 난다. 자운이 몸을 수습했다. 바닥을 미끄러지듯 착륙하며 피를 게워내었다.

 "캐액! 웨엑!"

 내상을 입은 것인지 흘러내린 피 사이로 내장 조각이 섞여 있었다.

 자운이 입에서 흘러내리는 피를 닦아내었을 때 청수 진인이 소리쳤다.

 "검을 가져왔소!"

 청수 진인의 손에 들린 검. 그것은 분명한 황룡신검이었다. 자운이 손을 뻗었다. 자운의 손에서 흡자결이 일어나 황룡신검을 잡아 당겼다.

황룡신검이 주인에게 반응이라도 하듯 떨리며 검명을 토한다.

우우우우우우—

착—

자운의 손에 황룡신검이 감겨들고, 자운이 허리를 꼿꼿하게 세우며 마지막으로 입에 남은 피를 침에 섞어 뱉었다.

"퉤. 지금부터 다시 해보자, 이 개새끼야."

第八章

호랑이 나왔으니 넌 이제 죽었다, 이새끼야

황룡난신

우우우우우—

 자운의 의지에 따라 황룡무상강기가 일어났다. 일룡일법, 패도일변도의 황룡이 자운의 몸을 휘감으며 일어난다.

 허공을 향해 포효를 내지르는 황룡은 그야말로 압도적이었다. 황룡이 허공 높이 고개를 치켜들고는 아래를 내려다본다. 마주하는 것은 거마혼. 황룡무상강기의 크기 또한 거마혼에 비교하여 뒤지지 않는다.

 "자, 이제 칼도 들었고, 한번 해보자고."

 자운이 씨익 웃자 칠적이 자운의 몸을 휘감고 있는 거대한 황룡을 보며 말했다.

"황룡무상강기……"

"어, 정답이다."

자운의 몸이 튀어나왔다. 방금 전까지 자운이 서 있던 자리에 쾅 하는 폭음이 울리며 구덩이가 파였다. 그러고도 모자라서 뒤에 있던 건물 하나가 무너져 내렸다.

자운의 몸이 눈의 인지를 넘어서 움직이고, 칠적이 거마혼의 모든 팔을 끌어당겼다.

네 개의 팔을 겹겹이 둘러 자운의 공격을 막아낼 셈인 것이다.

번쩍하는 빛과 함께 자운이 회전한다. 그리고 뻗어내는 황룡신검. 그 검을 따라 황룡무상강기가 움직였다.

쾅—

황룡무상강기가 큰 입을 벌려 거마혼을 찍어 누르고, 거마혼이 두 개의 팔을 들어 황룡무상강기의 입을 부여잡았다

먹기 위한 자와 먹히지 않기 위한 자의 싸움. 거신들의 싸움이 저러할까.

아래에서는 자운이 몸을 돌렸다. 황룡신검이 금빛 강기로 물들고, 자운의 검이 번쩍하고 허공을 갈랐다.

단번에 아래로 베어내리는 일도양단의 수법. 거마혼의 두 개의 팔이 자운의 검을 막았다.

까앙—

피가 튄다. 자운의 피가 아니다.

칠적의 피. 거마혼으로 막았음에도 불구하고 금강불괴시진에 이른 몸에 상처가 났다. 긁힌 정도의 상처에 불과했으나 한 가지는 확실해졌다.

이제 자운의 공격이 통한다는 것이다.

"내 몸에 흠집을 만들어?"

강환도 아니고 고작 강기 따위로 흠집이 났다는 사실이 칠적으로서는 매우 불쾌했다. 하나 자운으로서는 반가운 조짐이었다. 자운이 웃었다.

"이쪽도 신검이라고. 그 정도는 해줘야 체면이 서지."

자운의 웃음과 함께 다시 황룡신검이 허공을 갈랐다.

분광(分光)의 속도를 흉내 내는 절초, 직도황룡이 쾌의 묘리를 담아 펼쳐진다.

향하는 곳은 심장. 일곱 개의 변화가 주변으로 뻗어 나가는가 싶더니 단박에 칠적의 심장으로 모여들었다.

일곱 개의 검이 연달아 칠적의 심장을 가르고, 피슉 하는 소리와 함께 피가 튀었다.

그 자리로 거마혼의 주먹이 자운의 몸을 노리고 들어온다.

"젠장. 얕았나?"

자운이 칠적의 심장을 살피며 빠르게 퇴법을 밟았다. 한번 맞아봐서 아는데, 저런 주먹질 두 대 정도만 더 맞아도 운신이 불가능해질 것이다.

천주가 반으로 접히는 고통이 주먹질에서 느껴졌다고 하면 믿을까?

자운이 뒤로 물러나는 동안, 칠적은 이미 심장의 지혈을 마친 상태였다.

심장 부근에 난 상처이기는 했으나, 고작해야 긁힌 정도의 상처다. 자운이 입맛을 다셨다.

"그 한 방에 꽉 죽어주면 정말로 좋았을 텐데 말이지. 쩝쩝."

자운의 위에서 황룡이 낮게 울었다.

크르르—

황룡 역시 거마혼의 숨통을 끊어놓지 못한 것이 못내 안타까운 모양이다. 자운이 입맛을 다시고, 칠적의 미간이 꿈틀 좁혀졌다.

"이놈, 네가 정말로 나를 이길 수 있을 줄 아느냐?"

자운이 고개를 끄덕였다.

"어라? 내가 이기는 건 당연한 사실이고, 얼마나 빨리 이기는지가 문제였는데? 너 뭔가 착각하고 있는 거 아냐?"

평소라면 저 정도의 격장지계에는 넘어오지 않겠지만, 자신의 금강불괴에 흠집이 나는 바람에 심지가 흔들린 상황이다.
 그 사이를 자운의 격장지계가 보기 좋게 비집고 들어갔다.
 "이노옴!"
 놈이 주먹을 뻗었다.
 주먹이 허공을 격했다. 공간을 찢어버리고 들어오는 육탄 돌격은 과연 무서웠다. 자운이 검을 비스듬하게 세웠다.
 주먹과 검면이 충돌한다.
 쾅―
 검이 저릿저릿할 정도의 충격이 전해지고, 자운이 지체할 새 없이 검을 뒤집었다. 날을 세워 펼치는 공격, 검이 뱀과 같이 놈의 팔을 타고 올라갔다.
 휘리릭―
 황룡신검이 자신의 팔을 휘감으며 들어오자 칠적이 대경실색하며 두 팔을 뺐다.
 "이놈이!"
 황급히 빼긴 했으나, 팔에 남은 긁힌 자국은 어쩔 수 없다.
 마치 뱀이 지나간 것과 같은 상처가 칠적의 팔에 남아 있었다.
 자운이 웃었다.
 "교룡도라는 수법인데 좀 마음에 들었나?"
 칠적의 미간이 찡그려졌다. 이제 자운의 공격은 금강불괴를 부수고 들어온다.

물론 위험할 정도는 아니었지만, 금강불괴가 부서졌다는 사실이 그의 머릿속에 경종을 쳤다.

"그 칼이 문제구나!"

"너한텐 문제지만 나한테는 감사하게도 호재(好在)다."

자운이 웃었다. 그리고는 검을 휘둘렀다.

검에서 스무 겹의 검기가 뿜어져 허공을 베었고, 베어내린 그대로 칠적의 몸을 때렸다.

허공에서 검기의 비가 내렸다.

따다다당—

검기의 비는 시야를 어지럽히며 칠적의 몸 위에서 튕겨 나가고, 칠적이 검기의 비를 무시한 채로 자운에게 돌격했다.

"그 검을 부숴주지."

자운이 정말로 그러면 안 된다는 표정을 지어 보였다.

"어? 이거 비싼 건데 새로 사줄 돈 있어?"

이 순간에도 격장지계를 멈추지 않는다.

자운의 도발이 이어지자, 놈의 미간이 계속해서 꿈틀거렸다.

"검을 정말로 부숴주마!"

거마혼의 주먹이 힘을 모으고 황룡신검을 때렸다.

자운이 황룡신검을 어지럽게 움직였다.

따당—

따다다당—

황룡신검과 거마혼이 연달아 충격을 거듭하지만 황룡신검은 부러지지 않는다.

자운이 단단한 황룡신검을 한차례 보고는 거마혼의 이마를 때렸다.

쾅—

한순간 거마혼이 흔들하며 뒤로 넘어갔다.

칠적의 몸 역시 마찬가지였다.

거마혼이 뒤로 넘어지자 칠적의 몸 역시 뒤로 넘어졌다.

그 바람에 몇 개의 무당파 건물이 무너지고 바닥이 깊게 패였다.

"이거 신검이라니까? 어지간해서는 안 부서져. 네가 뭐 대장장이도 아니고 상대방 무기를 부수고 싶다고 막 부수냐? 그건 명장도 불가능하겠다, 멍청아"

말을 하며 무어진 무당의 건물을 바라보았다.

'저거 나보고 물어내라고는 안 하겠지?'

그럴 리야 없겠지만 조금 불안해졌다.

자운이 건물들의 가격을 셈하는 사이, 놈이 다시 몸을 일으켰다.

일어난 자리에서 먼지가 일었다. 그가 자신의 옷에 묻은 먼지를 쳐서 털어버린다.

자운을 노려보는 눈동자가 매섭기 그지없다.

"아까도 말했지만 넌 심즉살 못한다."

자운이 계속해서 피식피식 웃었다.

"크아아악! 이놈!"

놈이 소리쳤다.

쾅—

바닥이 한순간 파도치는 것마냥 출렁이며 칠적의 몸이 자운을 향해 솟구쳤다.

대포와 같은 빠르기로 날아오는 칠적의 몸은 공포스럽기 그지없었다.

허공을 격해 날아오는 육탄돌격. 자운이 검으로 권격을 흘려 버리고는 허공을 밟았다

그의 몸이 허공중에서 기기묘묘하게 비틀어진다.

절정에 이른 허공답보(墟空踏步).

아무것도 없는 허공중을 자운이 연달아 밟았다. 이곳에서 계속하다가는 무당이 형체도 없이 내려앉아 버릴 것이다.

자운이 허공답보를 펼치고, 놈 역시 허공답보를 펼쳤다.

내력의 수발이 자유롭고 양이 충분히 넘치기에 어렵지 않게 허공답보를 펼친 자운이 다른 봉우리를 향해 날아가며 시선을 슬쩍 돌렸다.

"이놈, 또 도망치는 것이냐!"

놈의 말에 자운이 웃었다.

'그래. 계속 따라와라.'

자운의 위에서 날고 있는 황룡이 그런 자운의 의지에 반응하듯 울었다.

우우우우우—

쾅—

자운의 몸이 처박히듯 무당의 이름 없는 봉우리 하나에 처박히고, 봉우리 전체가 크게 흔들렸다.

우르르르르—

그 위로 거마혼이 네 개의 손을 들어 자운을 찍어온다.

자운이 검을 회전시켰다. 검 주위로 황룡의 기운이 흐르고, 황룡검탄과 황룡무상강기가 동시에 쏘아졌다.

둘 모두 패도적인 초식. 두 마리의 황룡이 거마혼에 기기묘묘하게 얽혀들었다.

황룡검탄은 거마혼과 충돌하는 즉시 굉음을 내며 터져 나갔고, 황룡무상강기는 그 형태를 유지한 채로 거마혼을 휘어감는다.

그리고 그대로 바닥에 내리찍어 버린다.

쾅—

한 차례 더 지축이 크게 울렸다. 봉우리가 무너지려는 듯 크게 휘청거리고, 바닥에 생겨난 금이 사방으로 뻗어 나간다.

거마혼과 칠적이 떨어진 자리에는 그야말로 운석이 충돌한 것과 같은 구덩이가 파여 있었다.

그 깊이를 감히 가늠하기 어렵다. 그곳을 향해 자운이 황룡문의 검초를 연달아 풀어내었다.

강기가 줄기줄기 뻗치고, 검초를 타고 황룡무상강기가 날아든다.

용이 고개를 들었다 다시 처박으며 무섭게 구덩이 속을 내리찍는다.

쾅—

쾅— 쾅—

저 속에 들어간 것이 평범한 사람, 아니, 평범한 고수였다면 피륙도 남기지 못하고 끝이 날 것이다. 하나 상대는 금강불괴지신을 완성한 절대의 고수. 자운이 검을 물리고 호흡을 골랐다.

폐부 깊이 들어온 숨이 한 줌의 진기를 머금고 사지백해로 뻗어 나갔다.

근육의 긴장을 늦추지 않고 오히려 더욱 힘을 준다.

"기어나와."

자운이 차갑게 반짝이는 눈으로 낮게 이죽거렸다.

"그 정도에 죽지 않는다는 것쯤은 알고 있다. 기어나와라.

좋은 말로 할 때 나와야 덜 맞을걸."

자운의 말에 구덩이 아래가 들썩였다. 깔려 있는 바위가 들썩이고, 그 자리에서 모래 알갱이가 투두둑 하고 흘러내린다.

그리고 곧…….

거마혼이 불쑥 몸을 일으켰다. 그렇게 황룡무상강기와 충돌했음에도 불구하고 거마혼은 끄떡도 없는 모습이었다. 거마혼의 아래에서 칠적 역시 몸을 일으켰다.

"이노옴……."

자운이 검을 움켜쥔다.

"이놈 저놈 하지 마라. 너보다 백 살은 족히 많으니까."

사실을 말했음에도 불구하고 칠적은 믿지 않았다. 오히려 그것이 자신을 놀리려 한다고 생각하고 제자리에서 펄쩍 뛰어올랐다.

바람 가르는 소리가 나며 네 개의 주먹이 뻗어온다.

평범한 주먹이 아니다.

주먹이 하늘을 가리고, 파천(破天)했다. 조각난 하늘이 자운의 머리 위로 비처럼 떨어져 내렸다.

"미친."

강기를 비처럼 떨어뜨리는 것. 당문에도 이런 초식이 있다. 암기에 강기와 독을 둘러 비처럼 떨어뜨리는 만천화우(滿天花雨)라는 초식이다.

하늘을 가득 메울 정도의 꽃비가 내리고, 그 꽃비에 닿는 순간 죽어버린다는 당가의 절기.

 지금 칠적이 펼쳐 보이는 것과 당과의 만천화우는 기본 골자는 비슷했으나 이루고 있는 것이 암기가 아니라 권강이라는 점이 달랐다.

 콰콰콰콰광—

 "유성대륙파(流星大陸破)다! 받아봐라, 이놈아!"

 '저건 좀 힘들겠는데.'

 하나 피하기는 범위가 너무 넓다. 자운이 무릎을 살짝 숙이며 바닥에 발을 단단히 고정했다.

 그리고는 위에서 떨어질 충격에 대비하며 온몸에 황룡무상강기를 두른다.

 '빌어먹을. 이룡이법만 쓸 수 있어도 막을 수 있겠는데.'

 본래 황룡무상강기는 일룡일법과 같이 움직이며 공격을 할 수 있기는 하지만 각기 가지는 특성이 있었다.

 황룡무상강기는 황룡문의 개파조사가 무로서 이룰 수 있는 경지의 극의(大陸破)에 오르기 위해 창안한 무공. 그 속에는 무로서 보일 수 있는 모든 경지가 들어 있다고 해도 과언이 아니다.

 그중 일룡일법이 가지는 힘은 패(覇)다.

 가장 패도적이며 강력한 힘을 가지는 것이다. 그래서 패룡(覇龍)이라고도 불린다.

자운이 지금 머릿속으로 그리고 있는 것은 이룡이법(二龍二法)이었다.

이룡이법은 호(護)이자 금(金)이다. 절대로 부서지지 않는 철벽을 이루듯 시전자를 싸고 도는 것이 황룡무상강기의 이룡이법이었다.

달리 부르는 이름은 호룡(護龍). 하나 자운은 지금 호룡을 이루지 못했다.

패룡에 닿은 것도 아주 우연한 기회였을 뿐, 실제로 황룡무상십이강은 무의 경지가 아니라 무의 갈래이기 때문에 깨달음이 아닌 어떠한 조건의 충족으로 깨어난다.

하나 자운은 이룡이 이르는 진입 방법이 무엇인지 알지 못한다.

"그러니 그냥 몸으로 때워야겠다. 으아아아아!"

자운이 기합성을 내질렀다. 그에 부응이라도 하듯 자운의 몸을 휘감고 있는 패룡이 용음을 터뜨린다.

우우우우—

한차례 용음이 울고, 허공에서 권강의 비가 떨어져 내렸다.

쾅— 쾅—

콰과과과과광—

천지사방이 뒤집어진다.

권강이 떨어질 때마다 대지가 뒤집어지고, 벗겨지며, 찢어졌다. 바닥이 쩍 하는 소리와 함께 갈라지고, 봉우리가 조금씩 무너져 내리기 시작했다.

자운이 이를 악물었다.

"캐액."

입에서는 절로 피가 나온다. 이를 악물고, 황룡을 자신의 몸 주변으로 더욱 강하게 둘렀다.

권강이 패룡을 때릴 때마다 자운의 몸이 휘청한다. 그와 동시에 침투경이 자운의 몸속으로 침입했다.

'젠장. 무슨 이런 무식한 무공이 다 있냐.'

자운이 입에 고인 피를 퉤 하고 뱉어내었다. 그리고 다른 손으로 검결지를 말아 쥔다.

자운의 사방으로 용의 비늘을 뽑아 만든 듯한 벽이 일어서고, 일어선 벽이 사방을 보호했다.

검으로 펼치는 것보다는 못하지만 일단은 용린벽이다.

쩌억—

하나의 용린벽에 금이 가고, 자운이 빠르게 다시 용린벽을 펼쳤다. 겹겹이 용린벽을 펼쳐 사방을 메워 나간다. 틈이 하나라도 생기는 날에는 그 사이로 권강이 침입할 것이다.

용린벽으로 막아내자, 침입하는 침투경의 양이 훨씬 적어졌다. 용린벽이 가지는 힘은 이화접목의 묘리. 상대 힘의 일

정량을 적에게 그대로 되돌려 주는 것이다.

한 점에 모아서 돌려주지 못한다는 것이 태허 진인이 그렸던 태극과는 달랐지만, 그것만 되더라도 충분히 견딜 만했다.

얼마나 지났을까, 자운으로서는 고통스러웠던 시간이 끝나가고 있었다.

거대한 충격을 견디지 못한 봉우리가 위에서부터 무너져 내린다.

그러니 발을 지탱할 발판이 없어지고, 발판이 사라진 칠적이 허공으로 몸을 날리며 공격이 끊어졌다.

쿠구구구구구―

그 틈을 타서 자운이 몸을 뒤틀어 봉우리에서 벗어난다. 칠적 역시 마찬가지였다. 칠적의 몸이 자운의 뒤를 쫓았다.

"이 괴물 같은 놈, 그걸 받아내다니."

자운이 허공을 연달아 밟으며 맞대꾸했다.

"내가 그럼 그거 맞고 죽기를 바랐냐?"

말은 여유롭게 하고 있었지만, 자운의 속은 사실 그리 여유롭지만은 못했다. 허공답보를 밟고 있는 지금만 하더라도 온몸이 쑤시고 욱신거린다.

권우(券雨)가 조금만 더 이어졌더라도, 자운이 권강에 얻어맞고 뻗어버렸을 것이다.

자운이 몸을 비틀어 바로 옆에 있는 봉우리 위에 내려섰다.

호룡이 나왔으니 넌 이제 죽었다, 이 새끼야

방금 전에 서 있던 봉우리보다는 조금 작았으나, 충분히 발을 딛고 설 만하다. 계속 허공답보를 밟고 있을 수도 없었으니 자운이 먼저 내려서고, 그 뒤로 칠적이 내려선다.

칠적 역시 편치는 않아 보이는 모습이다. 그의 가슴팍이 심하게 헐떡거리며 호흡이 틀어져 있었다.

"너도 무사해 보이지는 않는데?"

자운이 호흡을 가다듬으며 말했다. 하나 날뛰는 호흡은 쉬이 가다듬어지지 않는다. 서로를 향한 기 싸움. 그 싸움에서 지지 않기 위해 자운 역시 그의 말을 받아쳤다.

둘은 천천히 호흡을 가르고, 자운이 검을 움직였다. 그 순간, 포탄과 같은 권격이 튀어나온다.

쩡―

자운이 만든 용린벽과 포탄이 충돌하고, 좌수가 염룡교의 수법으로 움직였다.

붉은 화인이 솟구치며 대기가 덥혀져 한순간 아지랑이가 치솟았다. 동시에 시야가 어지럽혀지고, 자운이 그 틈을 놓치지 않고 날아들었다.

섬광과 같은 빠르기. 가히 분광(分光)에 비교될 정도의 빠르기였다.

자운의 앞에서 빛살이 갈라진다.

자운이 황룡신검으로 빛마저 베어버리며 내달렸다. 그의

몸이 칠적의 앞에 이르기까지 반의 반 호흡. 자운의 검이 빗살처럼 허공으로 솟구쳤다.

내려올 때는 황금색 검강과 함께다. 허공중에서는 빛이 번쩍이고, 황룡이 검을 따라 찍어누른다.

패룡이 검을 휘감아 거마혼을 씹어삼킨 것. 거마혼이 번쩍하며 패룡의 입속으로 들어갔다.

그리고 그 속에서 거마혼이 주먹을 휘두르는 것인지 패룡이 흔들거린다.

자운의 검이 놈의 심장을 노렸다. 이전에 직도황룡으로 상처를 입힌 곳. 그곳을 다시 노리는 것이다.

금강불괴는 쉬이 깰 수 없다.

하나 깰 수 있는 방법이 하나 있다면 그것은 한 점을 집중해서 공격하는 것이다.

천년의 물방울은 바위도 뚫는 법이다. 자운의 검이 수십 번 놈의 왼쪽 가슴을 때렸다.

철과 철이 맞부딪치는 소리가 그 충돌의 개수만큼 울리며 사방으로 뻗어 나간다.

까가강—

놈이 두 주먹으로 자운의 검을 쳐 내었다.

"흥. 어림없다."

자운이 고개를 갸우뚱하며 검강을 집중시킨다. 한순간 검환으로 밀어버리기 위한 것. 자운의 검은 놈의 심장 지근거리에 붙어 있었다. 자운이 웃었다.

"글쎄? 이래도?"

심장에 검환을 맞는다면 아무리 금강불괴라도 무사하다고 장담할 수 없다. 검환은 그의 살을 찢고 무너뜨릴 수 있는 힘을 가지고 있다. 그러니 검환이 심장에 닿지 않는다 하더라도 가슴이 함몰되어 죽을 수가 있다.

"크윽. 놈."

칠적이 욕지기를 뱉으며 황급하게 고개를 숙였다. 그의 허리가 비틀릴 수 없는 각도로 기기묘묘하게 틀어지고, 검환이 놈의 좌측 어깨를 때리고 지나갔다.

콰과과과과—

검환은 뒤로 밀려나며 거대한 구덩이를 만들었고, 봉우리의 한쪽이 움푹 내려앉았다.

거대한 바위들이 봉우리 아래쪽으로 굴러 내려간다.

자운이 뒤로 튕겨 나오며 거친 호흡을 정돈했다.

그리고는 욱신거리는 자신의 좌수를 내려다보았다.

"후욱! 후욱! 괴물 같은 놈! 그 거리에서 그걸 피해?"

칠적이 찢겨져 나간 좌측 어깨를 지혈하고 감싸며 자운을 노려본다. 지혈해 두기는 했지만, 격하게 움직인다면 언제 다시 상처가 터질지 모른다.

"허억! 허억! 그 거리에서 내 주먹을 막은 네놈은 사람인 줄 아는 거냐!"

자운의 왼팔, 그것은 놈의 주먹을 막아내는 대가로 버린 것이었다. 뼈가 조각 나버린 듯 쉬이 움직이지 않는다. 완치되기까지는 꽤 오랜 시간이 필요할 것이다.

자운이 남은 내력을 확인했다. 계속해서 황룡무상강기를 운용하고, 벌써 두 번에 달하는 검환을 날렸다.

아무리 대해와 같은 내공을 지닌 자운이라 하더라도 내공이 무한한 것은 아니다.

끝이 있는 만큼 그 바닥도 있는 법. 자운의 내공은 바닥을 보이고 있었다.

칠적 역시 크게는 다르지 않을 것이다.

아마도 검환을 뿌릴 수 있는 것은 이제 한 번 정도. 그 외에는 이리저리 잡다하게 내공 분할을 하면 일각 정도는 더 버틸 수 있다.

그 안에 결판을 봐야 한다.

잡아먹히느냐, 잡아먹느냐.

자운의 눈이 맹수와 같이 빛이 난다. 일각 안에 끝맺음을 내기 위해 온몸의 여력을 끌어모았다. 끌어모은 여력이 내력과 하나가 되어 다시 퍼져 나간다.

근육이 긴장하고, 선공은 칠적이었다.

호룡이 나왔으니 넌 이제 죽었다, 이 새끼야

칠적의 몸이 어지럽게 흔들렸다. 두 팔이 분영을 일으키며 단번에 자운에게로 쇄도한다.

그 속도는 그야말로 분광과 추뢰(追雷)에 비견될 정도였다.

자운이 대경실색하며 놀라 검을 휘두른다.

"미친놈이 더럽게 빠르구나."

하나 대경실색한 것에 비해서는 침착하게 막아나가는 자운. 황룡신검이 들어온 이상 놈의 공격을 막지 못할 것은 없다.

거마혼의 주먹이 충돌할 때마다 황룡신검이 울린다.

우우우웅—

부러질 듯 휘어지지만 절대로 부러지지 않는 황룡신검.

신검이 그 빛을 발하며 한순간 검강을 뿌렸다. 허공중에서 검강의 비가 떨어져 내리고, 거마혼을 때렸다.

따앙— 따다다당—

황룡신검 덕분인지 더욱 예기가 가미된 검강은 그대로 거마혼을 베어버릴 것 같았으나 베어지지는 않는다.

하지만 한순간이나마 거마혼이 흔들 했던 것도 사실이다.

자운이 그 틈을 놓치지 않고 뛰어들었다.

자운의 발끝이 변화를 일으키고, 세 번의 회전 끝에 자운이 칠적의 품으로 파고들었다.

칠적이 두 팔을 겹쳐 자운의 공세에 대비하고, 염룡교를 펼쳐 놈의 시야를 가렸다.

한순간 화려한 염화가 피어오르며 칠적의 시야가 가려진다.

그 사이를 비집고 들어가는 것은 황룡신검!!

쿵 하는 소리와 함께 칠적의 몸이 주르륵 밀려났다.

칠적의 몸은 뒤에 있는 바위를 박살 내고서도 계속해서 밀려나 바닥에 깊은 골을 만들었다.

그 때문에 봉우리가 금방이라도 무너질 듯 휘청거린다.

자운이 씨익하고 웃었다.

"아프냐?"

이죽인다.

"나는 안 아프다."

"빌어먹을 놈, 그럼 너도 아프게 해주마."

칠적의 주먹이 뒤로 당겨졌다.

용수철 마냥 튕겨져 나오는 칠적의 주먹!

쾅 하는 소리와 함께 거마혼의 주먹이 대기를 질주했다. 주변의 공기가 밀려 나가고, 그 공간을 넘어 거마혼의 주먹이 자운을 향해 날아들었다.

자운이 회전하며 연달아 용린벽을 세웠다. 동시에 패룡을 이용하여 거마혼의 머리를 찍어눌렀다.

쾅—

자운의 몸이 뒤로 밀려나고, 반대로 칠적의 몸은 바닥에 박혀들었다.

'크으.'

자운은 저릿저릿한 감이 남아 있는 손을 털어 아픔을 해소하면서도 전방을 주시했다. 자욱한 모래가 일어 있고, 그 속에서 거마혼이 몸을 일으켰다.

드드드드―

칠적이 봉우리에 허리까지 박혔던 자신의 몸을 빼내는 것이다.

쩌적 하는 소리와 함께 바닥이 갈라졌다.

칠적이 자신의 몸을 빼며 기운을 방출하는 바람에 그런 일이 벌어진 것이다. 자운이 가볍게 뛰어 그것을 피해낸다.

"개자식이 정말로 살려둬서는 안 될 놈이구나."

"그건 네 생각이고."

"나는 칠적이다. 나의 판단이 곧 적성의 판단이다!!"

놈의 포효가 사방을 휩쓸었다. 바람마저 한순간 이동을 정지하고, 하늘 중의 구름이 갈라진다.

거마혼 역시 포효를 허공으로 내질렀다.

콰우우우우우―

그 소리에 자운의 귀가 한순간 움찔한다. 내공을 이용해 보호하지 않았다면 고막이 터져 피가 흘렀을 것이다.

"빌어먹을 놈이 목청은 더럽게도 좋네. 그것보다 방금 전에 네가 했던 말, 하극상이다?"

칠적은 자운의 말을 무시하고 두 주먹을 가슴께로 모았다. 그리고는 한순간에 뿜어낸다.

그의 주먹을 따라 거마혼의 주먹 역시 움직이고, 천지를 박살 내어버릴 듯한 권격이 자운을 향해 몰려들었다.

권격의 폭풍이라 할 수 있는 공세가 쏟아진다.

자운이 용린벽을 세웠다. 용린벽이 바닥에서 쑤욱 올라와 권격과 충돌한다.

그것은 한 번으로 그치는 것이 아니다.

한 번, 두 번, 세 번, 네 번.

계속해서 권격이 날아왔다. 거마혼이 날리는 거대한 주먹은 한 발 한 발이 엄청났고, 그것을 막아낸 용린벽은 여지없이 깨어지고 있었다.

쾅—

또 하나의 용린벽이 날아갔다. 자운이 용린벽을 수도 없이 세우고, 그 수가 기백을 넘어갔을 무렵, 단전에서 무언가가 고동을 친다.

두근—

단전이 출렁인다.

아니, 정확하게 말하면 단전 안에 있는 다른 무언가가 고동

호룡이 나왔으니 넌 이제 죽었다, 이 새끼야 227

치는 것이다. 그리고 그 고동으로 인해 단전이 출렁이는 것이다.

자운은 그것의 정체를 알고 있다.

여의옥(如意玉).

패룡이 깨어난 이후 새로 생긴 여의옥이 출렁이고 있었다.

'이거였나.'

두 번째 여의옥이 깨어나는 조건. 그것은 아무래도 용린벽이었던 모양이다. 용린벽을 세우는 자운의 움직임이 더욱 빨라졌다.

황룡신검으로만 세우는 것이 아니다.

허공섭물을 이용해 박살 나 움직이지 않는 자신의 좌수를 움직였다.

끼기긱―

허공섭물에 의해서 움직이는 좌수가 용린벽의 초식을 따라 검결지를 내리그었다.

좌수의 검결지와 우수의 신검이 함께 그려내는 용린벽은 자운의 눈앞을 가득 메운다.

그 위로 수십 발에 달하는 권격이 떨어져 내렸다. 네 개의 팔이 분광 일으키며 자운을 공격한다. 거마혼의 팔이 수십 개는 되어 보이는 모양새였다.

악신에 물든 천수여래와 백식관음이 저러할까?

용린벽이 연달아 충돌하고 깨어졌다. 그에 따라서 자운의 단전 속에 있는 여의옥의 진동 역시 점점 강해진다.

그리고 한순간, 자운의 몸을 휘감고 있는 패룡이 울음을 터뜨렸다.

우우우우—

무언가를 감지한 것일까?

그 용음과 함께 금이 가기 시작하는 여의옥. 쩌적 하는 소리와 함께 새의 알이 깨어지듯 여의옥에 금이 가고, 정신없이 용린벽을 세우던 자운이 쾌재를 불렀다.

이제 되었다.

이룡이법, 호룡이 깨어나는 것이다.

쩌억—

알이 갈라졌다. 감히 마주할 수 없는 밝은 빛이 자운의 몸에서 뛰어나왔다. 사방을 수놓는 빛무리가 자운의 몸을 둘러싼다.

그리고 이어진 것은 굉음이었다.

한순간, 천지를 양단할 듯한 굉음이 자운의 몸속에서 터져 나왔다.

거대한 소리가 지축을 뒤흔들고, 발을 딛고 있는 대지가 출렁였다.

자운의 몸이 황금빛 서기에 휩싸인다.

호룡이 나왔으니 넌 이제 죽었다, 이 새끼야

그리고 고개를 드는 용 한 마리.

호롱이 고고하게 머리를 들고는 거마혼을 바라보았다.

칠적의 미간이 파르르 떨린다.

"호롱인가?"

자운이 고개를 끄덕이며 이를 갈았다.

"호롱이 나왔으니 넌 이제 죽었다, 이 새끼야."

인간의 육신으로 금강(金鋼)하고 불괴(佛塊)할 수 있는가에 대한 답이 금강불괴신공이었다.

금강불괴를 달리 경지라 부르지 않고 신공이라 부르는 이유는 간단했다. 일반적으로 무공이 아무리 강해져도 금강불괴에 오르는 것은 불가능하다.

금강불괴는 그 공능을 가지는 무공을 익혀 극에 달해야만 오를 수 있는 무공의 단계이지 경지가 아니었다.

하여 금강불괴의 공능을 가진 무공을 익히지 않고는 금강불괴에 오르는 것은 불가능했다. 하면 금강불괴의 무공을 익히지 않고는 금강불괴에 달하는 강도를 가질 수 없는 것인가?

황룡문의 개파조사가 고민한 것이 이것이다.

황룡무상강기 속에는 무로 이룰 수 있는 모든 것이 들어 있다. 그중 금강불괴 역시 예외는 아니었다.

오랜 참오 끝에 만들어진 무공. 자신의 몸을 금강불괴로 만드는 것이 아니라 강기의 강도를 금강불괴로 만들어 몸 주변에 두르는 것이 황룡문의 개파조시가 생각해 낸 방법이었다.

우우우—

자운의 머리 위에서 두 마리의 황룡이 나지막이 울었다. 그 목을 타고 내려가 보면 몸은 자운의 몸을 줄줄이 휘감고 있었고, 꼬리는 자운의 등 속으로 숨어 있는 것인지 자운과 하나가 되어 있는 것인지 알 수 없다.

한 가지 확실한 것은 두 마리의 황룡이 내뿜는 위세가 심상치 않다는 것이다.

하나는 호룡이다.

패(霸)의 무리가 담겨 있는 패도일변도의 무공.

두 번째 용이 울었다.

호룡, 그 패도적임은 패룡에 비해서 부족함이 있으나 강도 하나는 황룡무상십이강 중 최고라 할 수 있었다.

자운이 호룡을 몸 주변에 휘감았다.

자운이 두 마리의 황룡을 부리자 칠적의 미간이 꿈틀거린다.

"호룡이라 할지라도 내 주먹을 막을 수 있을 것 같으냐!"

그가 주먹을 뻗었다.

단번에 거마혼의 주먹이 공기를 밀어내고 자운의 지척으로 쇄도한다.

호룡이 나왔으니 넌 이제 죽었다, 이 새끼야

그 속도를 말로서 표현하자면 그야말로 찰나. 인간의 인지를 벗어난 속도가 자운의 앞에 풍압을 몰고 오고, 자운이 호룡을 움직였다.

쾅—

호룡과 거마혼의 주먹이 충돌한다. 하나 호룡은 흔들림이 없다.

유유히 자운이 몸을 보호하며 주변을 배회하고 있을 뿐이었다.

"막을 수 있는데, 이제 어떡하냐?"

자운이 웃었다.

그와 동시에 패룡이 튀어나간다.

쾅—

패룡의 움직임이 기기묘묘하게 틀어지며 놈의 거마혼을 휘어감았다. 칠적이 패룡에게서 벗어나기 위해 이리저리 주먹을 움직인다.

거마혼의 주먹이 패룡과 충돌하고, 자운을 향하는 주먹은 호룡이 모두 막아내었다.

황룡 두 마리를 부리며 거대한 마신을 압도하는 자운의 모습, 그것은 그야말로 천신이었다.

먼 곳에서 두 마리의 황룡과 마신을 지켜보던 청수 진인이 도호를 외운다.

"무량수불. 이것이 진정 인간들의 싸움인 것인지……."

쾅—

이 먼 곳까지 충돌하는 굉음이 들려온다. 두 마리의 황룡은 한 사람을 에워싸고 움직이며 거마혼을 압도하고 있었다.

칠적이 양손을 쉴 새 없이 움직여 보지만, 두 마리의 황룡을 모두 상대하는 것은 무리. 이것이 적성이 두려워했던 황룡무상십이강의 힘이었다.

"크윽."

신음을 흘리는 칠적을 자운이 조롱했다.

"왜? 손발이 어지러워지나 보지?"

자운이 웃으며 말했다. 웃으며 말하고 있으나, 그의 내력은 쉼없이 빠져나가는 중이었다.

자운이 손을 들었다.

"이제 그만 끝을 봐야지?"

자운이 단번에 자신을 끝내 버리겠다는 듯 말하자 놈의 얼굴이 보기 흉할 정도로 일그러졌다.

"이노옴! 나는 칠적이다, 칠적!!"

자운이 마주 소리쳤다.

"그래서 죽어야 한다!"

호룡이 자운을 휘감고, 패룡이 자운의 검끝을 물었다.

자운의 검끝에서 환한 구체가 솟아오른다.

호룡이 나왔으니 넌 이제 죽었다, 이 새끼야

마치 용의 여의주와 같이 생긴 구체, 그것은 강환이었다.

자운이 남은 내력을 모두 집약해 만든 강환. 이 한 방에 칠적을 쓰러뜨리려는 것이다. 칠적의 몸에서도 기세가 피어올랐다.

칠적 역시 최후의 절초를 준비하려는 듯 거마혼이 움찔거린다.

거마혼의 위로 검붉은 마기가 타오르고, 하늘이 검게 타올랐다.

마치 누군가가 하늘에 불을 지른 듯한 모습. 자운과 칠적이 동시에 기합성을 내질렀다.

"죽어버려!"

"으아아아아아아!"

불타는 하늘이 거마혼의 주먹으로 빨려들어 가고, 자운의 황룡이 튀어나갔다.

호룡이 거마혼의 공격을 막아낸다. 하지만 절대고수가 최후의 절초라고 말 할 정도의 공격은 절대로 약하지 않았다.

호룡이라도 견디기 쉽지 않다.

호룡을 타고 충격의 반발이 전해져 올 때마다 자운이 왈칵왈칵 피를 게워내었다.

"쿨럭!"

호룡이 휘청거린다. 하지만 거마혼의 공격은 자운에게 닿지도 못하고 패룡에게도 닿지 못했다.

 호룡이 모두 차단해 내고 있었던 것. 패룡이 검환을 물고 자신의 앞으로 당도하자 칠적이 비명을 내질렀다.

 "으아아아아아아아!"

 자운이 검환을 검으로 이끈다.

 직도황룡의 초식. 검환이 일곱 개의 변환을 그리고, 패룡이 뒤를 따랐다.

 단번에 일곱 갈래로 늘어난 검환이 모두 칠적의 심장을 향했다. 칠적의 심장을 파고드는 검환. 그로서도 부족해 패룡이 압도적인 힘으로 놈의 심장을 씹었다.

 콰득—

 패룡의 이빨에 놈의 심장이 터져 나가고, 자운이 놈의 가슴팍에 박힌 황룡신검을 뽑았다.

 피가 분수처럼 치솟는다거나 그런 일은 일어나지 않았다.

 심장이 사라진 칠적의 몸이 느리게나마 움직인다. 놈의 주먹이 자운의 가슴팍에 닿는 순간, 칠적의 몸이 뒤로 넘어갔다.

 털썩—

 자운이 방금 전 칠적의 주먹이 닿았던 곳을 확인했다.

 단지 닿았을 뿐인데도 선명하게 남아 있는 주먹 자국. 반의반 호흡만 늦었더라면 이 자리에 뻗어 있는 것은 자운이 되었을 것이다.

　칠적이 쓰러진 자리 뒤로 자운이 털썩 엉덩방아를 찧었다.

　얼마나 싸운 것인지 하늘이 붉게 타오르고 있다.

　거마혼의 마기에 의해서 타오르던 것과는 분명 다른 모습이었다.

　자운이 허탈하게 웃으며 숨을 내쉬었다.

　쓰러진 칠적을 향해 마지막 한마디를 던졌다.

　"빌어먹을. 이 적(赤)이라는 것들은 어느 하나 약한 놈이 없어."

　자운 역시 마지막 한마디를 넘기며 뒤로 넘어갔다.

황룡난신

 부러지다 못해 아주 조각이 나버린 팔은 응급처치를 마친 후 부목을 대어 감았다. 갈비뼈가 두 대 정도 부러졌으나, 내 가요상법으로 바로잡고 지금은 단단히 고정까지 해둔 상태다. 크게 가슴이 뒤틀릴 일이 없다면 고정해 둔 것이 어긋나는 일은 없을 것이다.

 그 외에도 이리저리 찢어진 곳, 찰과상은 수없이 많았으며 부분적이나마 골절에 가깝게 금이 간 곳도 셀 수 없이 많았다.

 칠적의 권격이 얼마나 강력했는가를 단적으로 보여주는

모습이라 할 수 있다

 모든 상처에서 고통이 엄습하고, 부러진 뼈는 움직일 때마다 욱신거린다.

 찢겨진 근육과 뼈는 시간이 지나면 굳을 테지만, 당장에 느껴지는 고통은 자운으로서는 끔찍하기 그지없는 감각이었다.

 침투경도 문제였다. 자운이 내기를 움직여 하나의 침투경을 조금씩 제압할 때마다 혈관 속을 벌레가 갉아먹는 고통이 엄습했다.

 그때마다 자운은 몸을 한차례 부르르 떨며 고통을 감내해 내었다.

 어느 것 하나 쉬운 일이 아니다. 모두 어려운 일. 하지만 그 모든 일보다 지금 자운을 힘들게 하는 것은 눈앞에 있는 영감이었다.

 "형, 형, 나랑 목검으로 대련하고 놀자. 응? 응?"

 어린아이처럼 칭얼거리는 영감. 그는 바로 청수 진인의 스승이라 할 수 있는 태허 진인이었다.

 자운이 자신의 앞에서 자신을 형이라 부르며 어리광을 부리는 태허 진인을 보고 병 찐 표정을 지었다.

 그리고 옆에서 한숨을 푸욱 하고 내쉬고 있는 청수 진인을 바라보았다.

"아, 제발 이 영감 좀 어디로 데리고 가라."

그 말에 청수 진인이 고개를 절레절레 흔들었다.

"워낙 사부님께서 완강하신지라……. 아마 오래지 않아 원래대로 돌아올 테니 그때까지만 좀 참아주셨으면 합니다. 무량수불."

"씨발. 그놈의 도호는 좀 그만 외우고. 난 환잔데, 환자보고 지금 환자를 보살피라고? 그것도 머리에 병이 난 환자를?"

자운이 칠적을 쓰러뜨리고 오 주야 정도 후 태허 진인은 기적적으로 깨어났다. 한데 안타깝게도 몸은 정상인데 머리가 정상이지 못했다.

"헤헤헤. 형, 나랑 목검으로 비무하자, 비무. 응? 비무하자?"

주변에 모든 사람을 형, 혹은 사형이라 부르며 놀기 시작한 것. 머리라도 맞은 것인지 그의 기억은 자신이 아홉 살 때로 돌아가 버렸다.

자운이 태허 진인을 보고 한숨을 푸욱 내쉬었다.

"아, 제발 나가서 다른 놈들이랑 싸워! 여기 무림인 많잖아!"

자운이 버럭 소리 지르자 태허가 손을 뻗었다. 자운이 누워 있는 방문이 벌컥 열린다.

기억은 어린 시절로 돌아갔는데, 무공 하나는 몸에 익힌 것인지 전혀 약해지지 않았다. 그 결과로 고작 문 하나 여는 데 허공섭물까지 쓰는 것이다.

열린 문, 그 너머로 꼭 신체의 한 부위씩을 부여잡고 쓰러져 있는 무당의 제자들이 모습을 드러내었다

누군가에게 맞기라도 한 듯 통증을 호소하고, 그들 중에는 태허 진인의 제자라 할 수 있는 현 무당의 장로도 있었다.

"헤헤, 다른 사형들은 너무 약해. 그래서 그러는데, 형이 좀 해줘. 형이 여기서 제일 세잖아."

자운이 청수 진인을 바라보았다.

"야, 네가 나가서 드잡이 한번 해줘라."

자운의 말에 청수 진인이 도호를 외우며 고개를 숙였다. 길게 기른 머리가 아래로 내려가고, 청수 진인의 정수리가 모습을 드러낸다.

자운에게 자신의 정수리를 보여주기 위해 고개를 살짝 숙인 것이다.

봉긋하게 솟아 피멍이 맺혀 있는 청수 진인의 정수리. 자운이 한심하다는 듯 쯧 하고 내뱉었다.

"맞았냐?"

그가 다시 도호를 왼다.

"그렇게 되었습니다. 허허허허."

사람 좋게 웃어 보이는 청수 진인을 향해 자운이 어깨를 으

쓱했다. 그리고는 태허 진인을 사납게 노려봤다.

"아, 제발 너 좀 가. 드잡이하고 싶어도 내 몸이 다 나아야 할 거 아냐, 다 나아야."

그 말에 태허 진인이 활짝 웃었다.

"정말 다 나으면 나랑 비무해 주는 거야?"

자운이 고개를 끄덕였다.

"물론 해주고말고. 내가 아주 엎었다가 바닥에 그대로 메쳐 주마."

자운이 이를 빠득빠득 갈았다. 온몸이 피곤에 절어서 좀 자고 싶은데, 밤이고 낮이고 불쑥불쑥 찾아오는 태허 진인으로 인해 제대로 자지를 못했던 것이다.

"헤헤. 그럴 줄 알고 내가 형 빨리 나으라고 약 가지고 왔어."

태허 진인의 말에 자운의 귀가 쫑긋했다?

약이라니? 무슨 약을 말하는 것일까?

설마 하는 자운의 촉이 섰다.

태허 진인이 품속으로 손을 넣어 휘휘 젓더니 주먹을 꼭 말아 쥔 채로 꺼냈다.

저 주먹 속에 무언가가 있는 것이 틀림없다.

손 틈 사이로 청량한 기운이 흘러나온다. 자운이 눈치를 채었을 정도인데 무당의 장문인인 청수 진인이 눈치채지 못했

내 눈에는 이거 태청신단이 아니라 태청신떡으로 보인다?

을 리가 없다.

"사부님, 설마 그것은……."

청수 진인의 말을 무시하고 태허 진인이 손을 쫙 펼쳤다. 감히 범접할 수 없는 청량한 향기가 활짝 벌려진 틈에서 만개한다.

자운이 눈을 부릅뜨고 태허 진인이 벌린 손바닥을 내려다보았다.

그리고 물었다.

"이게 뭐냐?"

태허 진인이 웃는다.

"헤헤헤, 몸에 좋은 약이야."

자운이 태허 진인의 손에서 시선을 떼고, 청수 진인을 바라보았다.

청수 진인이 도호를 왼다.

"향기로 봐서는 태청신단이 분명하군요."

자운이 피식 웃었다. 그리고는 다시 태허 진인의 손을 내려다보았다.

"네 눈에는 이게 태청신단으로 보여?"

"무량수불……."

자운이 태청신단이라 불린 물건을 집어 들었다. 태허 진인이 웃었다.

"헤헤헤, 힘들게 들어가서 안 들키게 가지고 나온 거니까 꼭 먹어야 해. 나 배고프니까 밥 먹으러 갔다가, 다 나으면 꼭 비무해 주는 거야."

아까 허공섭물로 연 문을 통해 태허 진인이 재빠르게 나갔다.

자운이 청수 진인과 함께 그런 태허 진인의 모습을 멍하게 보고 있다가 자신의 손에 들린 태청신단을 바라보았다.

"이거 무당에 몇 개 없다는 태청신단 확실하지?"

청수 진인이 고개를 끄덕였다.

"이 정도의 향을 보이는 것이라면 분명 태청신단이로군요."

자운이 고개를 끄덕였다.

"그렇기는 한데 내 눈에는 이거 태청신단이 아니라 태청신떡으로 보인다?"

자운의 말에 청수 진인은 감히 부정도 긍정도 하지 못했다. 꺼내면서 태허 진인이 신단을 너무 강하게 움켜쥔 것인지, 그렇지 않으면 다른 일이 있었던 것인지는 알 수 없지만 신단은 떡이 되어 있었다.

본래 신단이었으니 신떡이라 해야 할 것이다.

자운이 청수 진인을 바라보았다. 이건 무당에서 소중한 것이었다.

"돌려줄까?"

자운의 배려를 청수 진인이 거절했다.

"무당을 구해주신 감사의 표시로 본래 하나 드리려 했던 것입니다. 받아두시지요."

자운의 미간이 좁혀졌다.

"그럼 새 걸로 가져와. 남한테 주는 물건이 이게 뭐냐."

청수 진인은 답 대신 도호를 외웠다.

"무량수불……."

"씨발……."

"이거 이렇게 생겼어도 약효는 확실한 거지?"

청수 진인이 고개를 끄덕였다.

"그럼요."

* * *

몸이 어느 정도 회복된 자운은 황룡문으로 돌아갔다. 무당에서 보름 정도 머물렀는데 초인적인 회복력 덕분에 움직임에 무리가 없을 정도는 되었다.

물론 부러진 왼팔은 아직 움직이지 못해 부목을 대고 있었다.

자운이 황룡문으로 돌아왔을 때, 황룡문의 문도 수는 어느새 오백에 가깝게 늘어나 있었다.

이 정도라면 한 지역의 패자라 불려도 부족함이 없을 정도의 규모다. 물론 어중이떠중이들이 대부분이었지만 그 규모만큼은 어지간한 문파에 비교해도 크게 밀리지 않았다.

사람 수가 조금씩 늘어나고 있기는 했지만, 이렇게 갑자기 늘어난 것은 이번 무당에서의 일 때문이었다.

화산에 드리운 암운의 실마리를 걸왕과 함께 잡아낸 인재.
떠오르는 초고수, 당문의 참사를 막아내다.
당문의 참사를 막아낸 고수, 이번에는 무당을 구해내다.

이런 소문이 무림에 돌기 시작한 것이다. 자신의 문파도 아닌 다른 곳에서 목숨을 건 사투를 벌인 자운을 대협이라 칭하는 사람들도 있었다.

자운이 미간을 찌푸렸다.

"사람들, 확실하게 가려 뽑은 거 맞지?"

자운의 말에 운산이 고개를 끄덕였다.

"예, 대사형. 걱정하지 마십시오. 확실하게 골라 뽑았습니다."

자운이 고개를 끄덕였다.

"그래, 무공도 중요하지만 중요한 건 사람이지. 나 봐. 내가 얼마나 대단해. 우리 문파도 아닌데 두 번이나 구해준 내가 진짜 대협이지. 암, 그렇고말고."

자운이 한껏 기고만장해진 콧대를 들어 보이며 당당하게 말했다. 우천과 운산이 한숨을 쉬고, 설혜는 무언가를 천천히 읊었다.

"당가가 입은 피해, 금전으로 환산했을 때 이천 냥 이상. 당가의 일 년 예산 삼천오백 냥, 절반 이상에 해당하는 금액."

자운이 움찔했다.

"무당산에서 무너뜨린 봉우리가 하나. 반쯤 무너진 봉우리가 하나. 무너진 건물, 헤아릴 수 없음. 피해액, 천문학적임."

이번에도 자운이 움찔했다. 설혜가 자운을 물끄러미 바라본다.

"이거 전부 오라버니가 만든 거야."

자운이 어색하게 웃었다.

"하하하하, 하하, 대의를 행하다 보면 사소한 문제가 생기는 법이지."

설혜가 한동안 말을 하지 않았다. 그리고는 자운에게서 시선을 휙 돌렸다.

"그렇다고 해둘게."

말투에 고저가 없어 판단하기 어렵지만, 분명 떨떠름한 의미가 분명했다.

자운도 크게 긁어 부스럼을 만들고 싶지는 않은지라 더 이상 왈가왈부하지는 않았다.

"우천아, 내가 너희들한테 주고 싶은 게 있으니까 물 두 사발만 들고 와라."

자운의 말에 우천이 의문을 표했다.

"대사형, 갑자기 물은 왜……?"

자운이 탁자를 손바닥으로 때렸다.

땅—

"걱정 마. 너희들한테 좋은 거니까 가지고 오라면 가지고 와."

자운의 말이 조금 의문스럽기는 했으나 우천은 곧 자운의 말대로 물 두 사발을 가지고 왔다

우천이 가지고 온 물 사발을 받아 든 자운은 품속에서 목합 하나를 꺼냈다. 태청신단, 아니, 태청신떡이 들어 있는 목함이었다.

목함을 열자 청아한 향기가 사방으로 뻗어 나가고, 자운이 목함 속에 담겨 있는 신단을 집어 들었다.

보기 흉측하게 일그러진 신단. 그런 흉한 모습에서 이런 청아한 향기가 나는 것이 믿어지지 않는지 운산과 우천이 놀라 눈을 치켜떴다.

내 눈에는 이거 태청신단이 아니라 태청신떡으로 보인다? 249

"그게 뭡니까?"

"좋은 약이란다. 훔쳐 오기 힘들었으니까 꼭 먹으라고 누가 주더라."

자운이 떡이 된 태청신단을 정확하게 반으로 나누었다. 그리고는 물에 풀어 휘휘 저었다. 태청신단이 물속에 녹아들고, 완전히 사라지자 자운이 휘젓던 손가락을 쪽 하고 빨아 맛을 봤다.

"달콤 쌉싸름하네. 쭉 마셔라."

자운이 물을 우천과 운산의 앞에 내려놓자 그들이 이게 뭔가 하는 표정으로 사발을 바라보았다.

자운이 피식 웃는다.

"별건 아니고, 태청신단이다. 먹고 운기를 바로 하면 각자 반 갑자 정도의 공력은 건질 수 있겠지."

본래 태청신단을 무공을 익히지 않은 이가 먹으면 평생 무병장수한다. 무공을 익힌 이가 먹고 좋은 심법이 뒷받침해 준다면 일 갑자에 달하는 내공을 얻을 수 있다.

그 태청신단을 반으로 나누었으니, 아마 그 절반인 반 갑자 정도를 얻을 수 있을 것이다.

태청신단이라는 말에 운산과 우천이 깜짝 놀라 자리에서 튕기듯이 일어났다.

"이게 왜 대사형의 손에 있는 겁니까? 이건 무당 건데 설마……."

자운이 고개를 끄덕였다.

"어, 그래. 그 설마다."

그 순간, 운산과 우천이 그 자리에 털썩 주저앉는다. 그리고는 머리를 부여잡았다.

"아아, 역시 훔친 겁니까? 농담이 아니었던 거에요? 대사형, 지금이라도 무당에 돌려주고 용서를 빌지요. 무당에 왜 갔나 했더니……."

쾅쾅—

자운이 주먹을 휘둘러 둘의 이마를 때렸다. 단번에 운산과 우천이 뒤로 넘어가며 비명을 질렀다.

"캐액."

"크악!"

자운이 손을 턴다.

"이것들이 도대체 평소 날 어떻게 생각한 거냐. 응? 훔치긴 뭘 훔쳐! 고맙다고 받았다."

"그게 왜 이렇게 떡이 되어 있는 겁니까?"

이번에 머리를 부여잡은 쪽은 자운이었다. 그가 자리에 다시 앉았다.

"아아, 젠장. 치매 걸린 영감탱이. 말도 하지 말고 그냥 먹어라. 복잡한 사정이 있으니까."

"어찌 되었든 훔친 건 아니라는 거군요?"

자운이 고개를 끄덕인다.

"그러니까 마시고 운기를 시작하라고."

자운의 말에 운산과 우천이 다시 한 번 눈앞에 놓인 것을 바라보았다. 태청신단이 녹아내린 물이다.

이것을 마시면 분명 어느 고수 부럽지 않은 내력을 얻을 수 있을 것이다.

먼저 손을 움직인 것은 운산이었다.

운산이 물을 그대로 마시고, 뒤이어 우천이 마셨다.

단번에 물이 식도를 타고 내려간다. 태청신단이 녹은 물이라 그런지 달콤한 향기와 쌉싸래한 약재 향이 느껴진다.

일반적인 차에서 느낄 수 있는 맛과는 분명 다른 맛이다.

하나 나쁘지 않은 청량한 기운이 입속을 맴돌다가 물과 함께 식도로 넘어갔다.

자운이 그들의 어깨를 부여잡고 말했다.

"지금 당장 운기조식에 들어간다."

운산과 우천은 자운의 도움으로 무사히 반 갑자의 내공을 몸속에 녹여내었다.

반 갑자의 내공은 적은 것이 아니다. 비록 내공의 차이가 고수의 자격을 판가름하는 결정적인 차이는 아니라고 하지만, 그래도 내공은 무림인에게 있어 목숨과 같이 중요한 것이다.

그런 내공이 무려 반 갑자나 늘어났다. 일반적으로 한 지역의 패주로서 날리는 고수들을 살폈을 때, 그들은 평균적으로 이 갑자 언저리의 내공을 가지고 있다.

이 갑자라 하면 백이십 년에 달하는 내공. 그중 사분지 일에 해당하는 반 갑자의 내공이 운산과 우천의 몸속에서 솟아난 것이다.

본래 그들이 가지고 있는 내공과 합산하자 그 양은 일 갑자에 준할 정도.

일 갑자에 달하는 내공은 운산과 우천의 또래 중에서는 파격적으로 많은 양이라 할 수 있었다.

한 지역의 패주라 자처하는 이들의 세수가 오십을 넘어가서야 이 갑자가 나오니 현재 둘이 가지고 있는 내력의 양은 절대로 적은 것이 아니었다.

"그래, 일 갑자 내공의 세계를 맛본 게 어때?"

자운의 말에 운산과 우찬이 자신의 몸을 이리저리 움직였다. 손끝으로 무공을 펼쳐 보기도 한다.

파앙—

손끝에서 터져 나오는 파공음이 확실히 예전에 비해서 강해졌다.

"일 갑자의 내공은 확실히 다르군요. 예전보다 초식이 더욱 강맹해진 거 같기도 하고 더욱 매끄러워진 것 같기도 합니다."

자운이 자신의 가슴을 탕탕 때렸다.

"그렇지. 그 정도의 장점도 없으면 내가 너희들한테 그 아까운 걸 먹여야 할 이유가 없지."

자운이 속으로 입술을 곱씹었다.

'그게 가격이 얼마짜린데……'

비록 모습이 흉물스러운 떡의 모습이었다고는 하지만, 감히 가치를 매기기 어려울 정도로 엄청난 것이었다.

그걸 꿀꺽했으니 저 정도도 해주지 않으면 곤란하다. 자운이 씨익 웃었다.

"그럼 나가서 둘이 드잡이라도 해볼래?"

자운의 말에 운산과 우천이 서로를 바라보았다. 그리고는 누가 뭐라고 할 것 없이 고개를 저었다.

"아닙니다, 대사형. 그리고 대사형께 보여 드려야 할 게 있어서……"

운산의 말에 자운이 고개를 갸웃하고, 운산은 자신의 품속에 손을 넣으며 설혜를 바라보았다.

무언가 설혜와 관계가 있는 일인 듯했다.

"뭔데 그래?"

상황을 알지 못하는 자운은 운산을 채근했다. 운산이 꺼내 놓은 것은 서신 한 장이었다.

"천산설곡(天山雪谷)?"

보내온 곳은 이름도 들어보지 못한 생소한 문파였다.

"천산은 문파가 몇 개 없는 걸로 유명한데, 내가 이름을 들어본 적이 없으니 신생 문파인가?"

자운이 고개를 갸웃했다.

그 물음에 답한 것은 운산이었다.

"새워진 지 이백 년이 조금 못 되었다고 합니다."

그러니 당연하게도 자운의 머릿속에 있는 문파가 아니었다. 그가 납득하며 서신을 펼쳤다.

이미 운산과 우천이 서신을 확인한 듯 끝 부분이 살짝 뜯어져 있었고, 자운이 그 부분을 잡고 펼쳤다.

곧 서신을 다 읽어 내린 자운이 자리에서 일어났다.

"천산설곡이 북해빙궁의 후예들이라고?"

자운의 말에 운산과 우천이 고개를 끄덕였다. 그들은 서신을 통해 자신들이 북해빙궁의 직계는 아니지만, 그들의 피를 이은 사람들이 뭉쳐 만들었다고 주장하고 있었다.

아마도 그들이 이런 서신을 보내온 것은 북해빙궁의 정통 후계자라 알려진 설혜 때문인 것이 분명했다.

일전의, 황룡문에서 있었던 일로 인해 설혜라는 존재는 무림에 있어 북해빙궁의 유일한 후계자로 알려졌다.

그 내용에 대해서는 천산설곡에서 주장하기를, 마땅히 빙궁의 후계자라면 자신들의 주인이 되어야 할 것이지만, 자신들이 확인하기 전까지는 설혜의 존재를 인정할 수 없다는 입장을 내보이고 있었다.

자운이 피식 웃었다.

"웃기네, 이거."

자운이 눈앞에 있는 종이를 구겨 버렸다. 그의 손에서 처참하게 구겨지는 종이.

한순간 솟구친 삼매진화에 종이는 순식간에 재가 되어버린다.

자운이 손에서 떨어지는 검은 가루들을 보며 이죽거렸다.

"개가 감히 주인을 고르려고 해? 개 주제에 감히 주인을 시험하려고 하는 거지?"

자운이 씨익 웃으며 설혜를 바라본다.

"가서 썰어버려."

자운의 말에 설혜가 말없이 허리춤의 검을 뽑았다.

맑은 검명이 울리고, 허리춤에서 늘씬하게 잘 빠진 검이 뽑혀져 나온다. 설혜는 검을 뽑아 단칼에 휘둘렀다.

댕겅 하는 소리와 함께 탁자의 한 귀퉁이가 잘려 나간다.

"잘한다. 바로 그렇게 잘라 버려."

자운이 신이 난 듯 주먹을 이리저리 휘둘렀다. 그러다가 한순간 몸이 굳어 버린다.

설혜가 자운의 목에 칼을 들이밀었기 때문이었다.

자운의 얼굴이 사색으로 변하며 두 팔을 휘둘렀다.

"어허, 이러지 말라고. 그래, 다 죽일 필요야 있나. 네 밑에서 두고두고 부려먹으면 되는데. 그러니까 이 칼 좀 치워."

자운이 손을 흔들며 그렇게 말했으나 설혜는 움직임이 없다. 한참 자운을 바라보던 설혜가 천천히 입을 열었다.

"자운 오라버니."

자운이 반색하며 답한다.

"응? 왜? 그것보다 제발 이 칼 좀 다시 넣어줬으면 하는구나."

하나 자운의 말은 씨알도 먹히지 않는다.

"같이 가."

자운이 급히 귀를 후볐다. 마치 잘못 들었다고 말하는 듯한 말투. 그리고는 어깨를 으쓱해 보인다.

"뭐라고?"

화악―

설혜의 검이 단번에 자운의 목 바로 앞까지 왔다. 자운이 대경해서 펄쩍 뛰었다.

"같이 가."

"아니, 내가 왜 같이 가야 하는 건데?"

자운의 물음에 대한 답은 설혜가 아닌 운산 쪽에서 나왔다.

"서신에 보면 황룡문의 태상호법이 설 소저의 신분을 보증한다고 했으니 보증인도 함께 오라고 하던데요?"

자운이 자리에서 벌떡 일어났다.

"뭐? 시발!"

그리고는 서신을 찾아보지만 없다.

"대사형이 이미 삼매진화로 불태웠습니다."

자운이 그 자리에 머리를 부여잡고 앉았다.

"젠장, 빌어먹을……"

옆에서 설혜가 검을 꺼낸 채 다시 한마디 꺼냈다.

"같이 가."

황룡난신

 매우 안타깝게도 자운은 설혜와 함께 천산으로 향하게 되었다. 섬서에서 천산까지의 거리는 결코 짧지 않다. 말을 타고 간다 하더라도 그 거리는 보름을 훌쩍 넘길 정도의 거리다.

 물론 무림인의 발걸음이 말에 비견되기도 하지만, 자운과 설혜의 걸음은 그보다 훨씬 더 빨랐기 때문에 말을 타고 가는 것보다는 일찍 도착할 것이 분명했다.

 자운과 설혜가 천산에 도착한 것은 황룡문을 나서고 딱 삼육 일(三六日)째 되는 날이었다.

자운이 하늘 높게 솟은 천산을 바라보며 투덜거렸다.

"빌어먹을. 이놈의 산은 왜 이리 높은 거야."

천산은 단 하나의 산이 아니다. 수백 개의 봉우리와 수십 개에 이르는 협곡으로 이루어져 있고, 눈 덮인 천산 꼭대기의 대지에서는 잘못 발을 디딜 경우 천 길 낭떠러지 아래로 떨어질 수도 있었다.

자운이 천산을 멀리서 살폈다.

"여기에 천산설곡이 있다는 말이지?"

자운의 말에 설혜가 고개를 끄덕였다. 북해를 떠올리게 하는 풍경이다.

물론 얼음의 대지가 광활하게 펼쳐져 있는 것은 아니지만, 땅에서 느껴지는 특유의 기운이 북해와 닮아 있었다.

빙공을 익히는 자들에게는 최고의 대지라 할 만한 것이다.

자운이 입맛을 쩝쩝 다셨다.

"확실히 빙궁의 후인을 자처하는 놈들이라서 그런지 땅 하나는 참 잘 골랐네."

설혜가 느낀 기운을 자운이 느끼지 못했을 리가 없다. 지기라든지 허공을 부유하는 기운이 북해와 닮았음은 자운 역시 익히 느끼고 있었다.

자운이 주변을 휘휘 살피고는 설혜를 바라보며 물었다.

"안내인이 온다고 하지 않았나? 어디 있으면 안내인이 온

나고 했지?"

 자운의 말에 설혜 역시 고개를 들어 이리저리 휘휘 살피더니 중얼거렸다.

 "광릉촌."

 사실 광릉촌을 찾기란 그리 어렵지 않았다. 천산이 넓다고는 하나 척박한 대지인 만큼 마을이 많지 않았기에 근처의 봉우리를 몇 개 뒤진 끝에 광릉촌을 찾을 수 있었다.

 자운과 설혜가 광릉촌 내부로 들어가자 여기저기서 수군거리는 소리와 함께 속삭임이 들려온다.

 굳이 귀를 기울여 듣지 않더라도 충분히 들리는 수군거림.

 이런 오지의 마을에는 사람들이 오는 일이 적다.

 기껏해야 소규모의 상단이 일 년에 몇 차례 왕래할 뿐이다.

 그 외에 들어오는 외부인이라고는 중원에서 죄를 짓고 들어오는 도망자들. 그들은 무림인이든 그렇지 않든 대체로 흉악했다.

 흉악한 범죄자들이 들어와 난리를 쳐 대었으니, 외부인에 대한 시선이 고울 리 없었다. 또한 얼마 전에 옆 마을이 마적의 습격을 받았다는 소식이 들려왔기 때문에 자운 등을 보는 그들의 시선은 더욱 곱지 못했다.

 아낙 몇은 아이들을 품속에 숨겨 집으로 데리고 들어갔고,

사내들은 사냥용으로나 쓸 법한 석궁을 만지며 그들을 노려보았다.

자신을 향하는 석궁을 바라본 자운이 씁쓸하게 웃었다.

"이거이거 별로 시선이 좋지 못한데?"

물론 석궁을 당장에 쏠 것 같지는 않았고, 쏜다고 해도 맞아줄 생각도 전혀 없었지만, 병장기가 자신을 향하고 있는 감각은 과히 좋은 기분은 아니었다.

설혜는 아무런 말을 하지 않고 천천히 광릉촌 내부를 돌아다녔다. 안내인이 나와 있기로 하였는데 발견할 수가 없으니 어디서 잠깐 목이라도 축일 생각이었다. 하나 객잔이 없었다.

본래 광릉촌에는 사람들의 왕래가 적다. 하여 수입이 나지 않는 객잔을 운영하는 사람이 없었다. 일 년에 몇 차례 다녀가는 상단은 수입에 큰 도움이 되지 않았던 탓이다.

하여 천산을 방문하는 상단은 대부분 마을 밖에 천막을 쳐두고 왕래를 하며 거래를 하곤 하였다.

"아무리 생각해도 객잔은 없는 거 같은데, 그럼 우물가에 자리를 펴고 좀 쉴까?"

자운의 말에 설혜가 고개를 끄덕였다.

도르래를 돌리자 시원한 물이 올라왔다. 천산의 꼭대기에서 눈이 녹아내려 대지로 스며들고, 스며든 물은 지하로 흘러내린다.

그리고 이렇게 우물을 통해서 솟아나는 것이다.

눈이 녹아내린 물이라 다른 물에 비해 훨씬 시원한 감이 있다. 자운이 물 한 사발을 그대로 쭈욱 들이켜고는 설혜에게 건네었다.

"크으, 시원하다. 너도 한 잔 마시지그래?"

자운의 말에 설혜가 물바가지를 받아 들어 천천히 들이켠다.

목을 타고 넘어가는 감각이 시원하기 그지없다. 물을 마시던 자운이 천천히 시선을 바닥으로 돌렸다.

자갈이 흔들리고 있다.

땅에서 느껴지는 진동이 발바닥을 통해 척추를 타고 흘렀고, 뇌리로 전해졌다.

뛰어난 감각 덕분에 금방 알 수 있다.

자운이 피식 웃으며 전방을 주시했다.

이 정도로 바닥이 흔들리는데, 눈치채지 못하는 것이 이상한 일이었다.

"뭔가 오는데?"

이 정도의 진동이라면 말 떼다. 그리고 천산에서 말 떼를 몰고 다니는 이들이라면 단 하나밖에 없다.

바로 마적들. 자운이 피식 웃었다.

설혜 역시 자리에서 천천히 일어난다.

자운이 털며 진동이 시작되는 곳을 향해 걸음을 옮겼다.

"하필 털어도 이런 곳을 터냐."

자운이 이죽거렸고, 설혜가 무감각하게 그 말을 받았다.

"장사 접어."

설혜의 말에 자운이 배를 잡고 웃었다. 틀린 말이 아니었으나 이상하게 웃겼던 것이다.

한참 배를 잡고 웃던 자운이 천천히 몸을 일으켰다.

"그러네. 오늘 그 마적들, 장사 접어야겠네."

천산에 몇 개 되는 마적단 중 꽤 규모가 있는 마적단의 단주 갈무기가 히죽히죽 웃었다.

오늘 또 마을 하나를 털 생각을 하니, 당분간 이어질 풍족할 생활에 절로 미소가 지어지는 것이다.

과거 무림에서 죄를 짓고 천산으로 도주한 그는, 작은 마적단의 단주를 쓰러뜨리고 단주 자리를 꿰어찼다. 나름 한 지방에서 이름을 날릴 정도의 무력을 가지고 있었기에 마적단의 단주를 쓰러뜨리는 것은 어렵지 않았다.

그리고 고수가 단주가 되자 규모가 작았던 마적단의 규모가 더 커졌다. 지금은 천산 내에서도 다섯 손가락 안에 꼽힐 정도로 거대한 마적단이 되어 있었다.

"킬킬킬."

갈무기가 웃었다.

그는 마적단 안에서는 왕이다.

아니, 마적단의 단주로 생활하는 동안은 천산에서 감히 그를 핍박할 이는 없을 것이다. 마음대로 갈취하고, 가지고 싶으면 가진다.

그것이 여자든 돈이든 상관없다. 돈이라면 죽이고 뺏는다. 여자라면 겁간을 하든 납치를 하든 무슨 수를 써서라도 빼앗는다.

그가 어제 저녁 품었던 여자를 생각하며 음흉하게 미소를 지었다.

'싫다고 반항하는 게 아주 그만이었지.'

오늘도 마을 하나를 털 생각이었다. 아마도 마음에 드는 여자 하나둘 정도는 건질 수 있을 것이다. 천산의 여자들은 피부가 조금 가무잡잡한 것이 흠이라면 흠이었지, 그것을 제외하면 중원의 여인들과 크게 차이가 나지 않았다.

그 마을에서 가장 예쁜 여자 두셋은 자신이 취하고, 나머지는 부하들에게 나눠주면 부하들이 알아서 처리할 것이다.

쓸모없는 남자들은 모두 죽여 버리거나 노예로 쓸 생각이었다.

그런 생각을 즐기고 있을 때만 해도, 갈무기는 오늘 자신의 팔자에 죽을상이 있다는 것을 알지 못했다.

"더 빨리 달려라. 마을이 멀지 않았다!"

그가 소리치며 뒤따라오는 부하들을 다독였다.

그의 말을 들은 부하들이 빠르게 말을 내달렸다. 그들의 손에는 당장에라도 사람을 죽일 수 있을 듯한 흉흉한 무기들이 들려 있다.

검, 도, 창, 심지어는 유성추에 이르기까지 그 무기의 종류가 다양했지만 단 한 가지 공통점이 있었다.

피 냄새가 진하게 배어 있다는 점이었다. 절대로 빠지지 않을 피 냄새가 놈들의 병기에서 묻어났다.

갈무기가 웃으며 소리쳤다.

"이놈들아, 좋으냐!"

오늘도 빼앗고 즐기는 거다. 그렇게 생각한 마적들이 이구동성으로 갈무기의 말에 화답했다.

"예! 단주!"

그들 역시 그들의 주인이 무공 고수라는 것을 알고 있다. 그러니 일이 더욱 쉬워진 것이다.

가끔 마을을 털러 갈 때면, 신력을 타고난 장사들이 있어 일이 어려웠다.

하지만 아무리 장사라 할지라도 무공을 익힌 단주의 한 칼 상대도 되지 못했다.

단번에 사라지는 것이다.

그 덕분에 다른 마적단에 비해서 피해도 적고 빨리 털 수 있다. 마적단에 있어서는 엄청난 장점이었다.

눈앞 멀지 않은 곳에 마을이 보인다.

당장에 달려가 털어버릴 것이다.

갈무기가 음흉하게 웃었다.

'그런데 저게 뭐지?'

갈무기가 눈을 가늘게 뜨고 전방을 주시했다.

마을까지 이어진 길은 뻥 뚫려 있지 않았다.

그 길 위에 일남일녀의 모습이 보였다.

아무리 봐도 이쪽에 호의적인 감정을 가진 걸로 보이진 않았다.

미친 연놈들이 감히 말을 타고 달리는 마적단의 앞을 막고 서 있었다.

'밟아버려야겠군.'

물론 여자의 외모를 보고 생각을 정정했다.

'남자만 밟아버리고 여자는 내가 가진다.'

머릿속에 온갖 음흉한 생각이 차올랐을 때, 남자의 주먹이 허공으로 치켜 올려지는 것이 보였다.

주먹질을 한다고 해도 절대로 닿지 않을 거리였다.

남자와 갈무기는 이십 장 이상 떨어져 있었으니 말이다.

'웃긴 놈이군.'

갈무기가 속으로 비웃었다.

그 순간, 무언가 엄청난 권격이 갈무기를 덮쳤다.

그뿐만이 아니었다. 그 권격은 사방을 휩쓸었다.

히히히힝—

절대고수가 무려 둘이나 나섰다. 이것은 소 잡는 칼을 닭 잡는 데 쓰는 것보다 더한 일이었다.

비유하자면, 용 잡는 칼을 닭 잡는 데 썼다고 해야 옳을 것이다.

고작 마적단을 상대하는 데 절대고수가 둘이나 움직인다?

있을 수가 없는 일이었으나 벌어졌다. 마적단에게 있어서는 그야말로 참상. 무언가가 번쩍한다 싶더니 눈앞이 아득해지는 진귀한 경험을 했을 것이다.

자운이 주먹을 탁탁 털며 눈앞을 봤다.

마족들의 모습은 정확하게 두 종류였다. 상체와 하체가 정확하게 양분된 채로 피를 흘리며 쓰러져 있는 시체들, 그리고 주먹질에 맞은 것인지 온몸의 뼈가 나가 혼절해 있는 마적들이었다.

자운이 주먹을 털며 설혜의 손에 들린 검을 바라보았다.

휘익—

설혜가 검을 휘두르자 검에 붙어 있던 피가 단번에 떨어져 나간다. 그 모습을 보고 자운이 미간을 찌푸렸다.

"이왕이면 좀 깔끔하게 해주지 그랬냐?"

자운의 말에 설혜가 '뭐가?'라고 묻는 듯한 표정으로 바라보았다. 그 모습에 자운이 고개를 설레설레 흔들었다.

"아니. 못 알아들었으면 됐다."

그리고는 설혜가 듣지 못할 정도로 작게 중얼거렸다.

"무감각한 할망구 같으니. 나이를 이백이나 먹더니 가는귀가 먹었나."

뒤를 획 돌아본다.

"넌 왔으면 좀 말리질 그랬냐?"

자운의 시선이 향하는 곳, 그곳에는 나이가 서른 중후반쯤 되어 보이는 사내가 서 있었다. 천산의 햇빛에 그을린 것인지 구릿빛 피부를 하고 있으나, 얼굴은 여자들이 좋아할 만한 미남이었다.

자운이 그를 바라보았다. 그에게서 느껴지는 한기 서린 기운, 느끼지 못할 리가 없다.

이건 분명 빙공, 천산설곡에서 나온 이가 분명했다.

"두 분이 너무 강하시니 제가 끼어들 틈이 없었습니다."

웃으며 말하는 그의 말에 자운이 피식거리며 어깨를 으쓱했다.

"지랄은."

그가 바위에서 일어나 고개를 숙여 보인다.

"제 소개를 하겠습니다. 천산설곡에서 온 표해라고 합니다. 황룡문의 태상호법 철혈난신 천 대협과… 설 소저 맞으십니까?"

자운이 웃었다.

"설 소저가 아니라 곡주라고 해야 하지 않나?"

자운의 말에 표해의 미간이 꿈틀했다.

그러든지 말든지 자운은 계속해서 말을 이어나간다.

"하긴, 주인을 시험하겠다는 개새끼들이니… 목은 잘 닦고 기다렸겠지? 아마 댕강 잘라줄 거다."

자운이 말을 하며 두 조각 난 마적단을 바라보았다. 그리고는 못 볼 것을 봤다는 듯 몸을 한차례 부르르 떨었다.

"하하하, 당대 황룡문의 태상호법께서는 말을 거칠게 하신다는 소문이 있던데 정말로 그렇군요."

도발하는 것이다. 그 도발에 자운이 피식 웃었다.

"내가 내 입으로 지껄이는데 불만있는 새끼는 나오라고 해. 댕강 두 동강, 세 동강을 내어주지. 칼밥을 두 번이고 세 번이고 먹여주겠다고."

자운이 허리춤에 있는 황룡신검을 움켜쥐자 표해가 두 손을 흔들었다.

"하하, 정중히 사양하겠습니다."

그가 두 손을 흔들고 있을 때, 설혜의 미간이 꿈틀하며 입이 열렸다.

"북결심법(北結心法)……."

설혜의 말에 자운과 표해가 움찔했다.

"어쩐지 한가락 하게 생겼다 했더니 북결의 당대 주인이었군."

자운이 삐딱하게 그를 바라보았다. 북결심법이라는 이름이 나오자 표해는 한순간 움찔했으나 곧 다시 사람 좋은 미소를 지어 보인다.

"하하, 설마 설마 했는데, 이거 정말로 곡주님이 오셨을지도 모르겠습니다. 이 북결을 알아보다니."

북해를 수호하는 다섯 호법, 그들의 무공을 달리 오호맥(五護脈)이라 한다.

그 오호맥 중 하나가 바로 북결(北結)이었다.

자운이 발을 움직여 그를 걷어찼다.

"북결의 당대 계승자는 말이 많군."

"캐액."

표해는 피하려 했으나 자운의 발이 워낙 기기묘묘한 각도에서 공간을 넘어오는지라 그대로 발에 차이고 말았다.

꼴사납게 눈 위를 구르는 표해의 모습을 보고 자운이 이죽거렸다.

"닥치고, 그냥 안내나 하지그래?"

"황룡문의 태상호법께서는 정말로 안하무······."

자운이 다시 발을 들었다.

"닥치고 그냥 안내나 하겠습니다."

표해가 방긋 웃으며 말했다.

"이곳입니다."

표해의 손에 이끌려 간 곳은 거대한 절벽이었다. 무슨 돌로 된 것인지는 모르겠으나 푸른색을 띠고 있는 절벽. 그 위에는 눈이 쌓여 있어 언제 흘러내릴지 모르는 위태로운 구조였다.

눈앞에 보이는 것이라고는 절벽이 전부다. 어딜 봐도 천산설곡이 있을 듯한 모습은 아니었다.

자운이 발을 들었다.

"죽을래?"

자운이 발을 들었을 때, 표해는 이미 자리를 피해 있었다.

"하하하, 정말로 이곳입니다."

"아무것도 없는데 뭘 어쩌란 거냐? 땅이라도 파고들어 갈까?"

자운의 말에 표해가 웃는다.

"웃지 마라. 정든다."

"아, 땅을 파고들어 간다는 말이 너무 재미있어서 그랬습니다. 실례. 땅을 파고들어 가는 게 아니라 절벽 너머로 들어가야지요."

"절벽 너머?"

자운의 말에 표해가 고개를 끄덕였다. 그리고는 절벽을 향해서 걸어간다.

"따라오십시오."

멀리서 보던 것과 같이 완벽한 절벽은 아니었다. 천살설곡의 입구는 매우 특이한 구조로 숨겨져 있었고, 자운이 그것을 보고는 눈을 크게 치켜떴다.

"이야, 천해의 자연 지형이네!"

사실 절벽은 하나로 이어진 것이 아니라 셋으로 나누어져 있었다.

두 개의 절벽 사이에 협곡이 있었고, 나머지 하나의 절벽이 협곡으로 들어가는 입구를 막고 있었다.

그 입구는 사람 네 명 정도가 간신히 들어설 정도로 좁았기 때문에 가까이서 살피지 않는다면 입구를 찾기 어려울 것이다. 자운이 입구로 들어서며 두리번거렸다.

이 구조라면 한 번에 몇 이상 넘어오지 못할 것이다. 적의 침입에 대비해서 안에서 막아낸다면 상당히 요긴한 요새로 쓰일 가능성이 높았다.

'물론 협곡의 위가 좀 걱정이긴 하지만.'

이 정도면 나쁘지 않은 지형이었다.

협곡 내부로 들어서자 비로소 천산설곡의 그 모습이 드러난다. 침엽수를 이용해서 지은 건물들이 이리저리 늘어져 있고, 천산설곡의 인물들로 보이는 이들이 자리하고 있었다.

가장 선두에 서 있는, 화려한 복장을 하고 있는 이가 그들을 향해 걸어왔다.

표해가 그녀가 누구인지는 알려주었다.

"부곡주님이십니다."

그 말에 자운이 의문을 표했다.

"부곡주? 그럼 곡주는?"

"곡주의 자리는 설곡 초기부터 지금까지 공석입니다."

그 말에 자운이 웃었다.

"적어도 주인이 앉을 자리는 비워두었다는 거로군."

그들이 이야기를 나누는 동안 천산설곡의 부곡주가 자운의 앞에 와서 섰다.

그녀가 간단하게 목례만을 취한다.

"이렇게 와주셔서 감사드립니다. 본래 곡주님께는 좀 더 정중하게 인사를 해야 하는 것이 예의에 맞지만, 아직 정통성이 인정되지 않았으니 양해해 주시기 바랍니다."

그 말에 설혜가 앞으로 나서 그녀의 얼굴을 바라본다.

"이름."

그녀가 목례를 한 채로 자신의 이름을 말했다.

"곡의 부곡주, 조유월이라 합니다."

설혜가 감정없는 눈동자로 그녀를 내려다보았다. 설혜가 익히고 있는 빙궁주의 무공은 그 화후에 따라 감정이 점차 상실된다.

물론 대성을 하면 돌아오기는 하지만, 설혜는 아직 그 경지에는 이르지 못했다.

하지만 대성을 목전에 둔 상황, 감정이 사라지는 것이 극에 달해 있는 상황이었다.

"천풍심법……."

설혜가 단번에 유월이 익히고 있는 심공의 이름을 알아내었다. 천풍 역시 오호맥(五護脈)의 하나였다. 그의 시선이 다른 설곡의 인물들에게로 향한다.

그리고 천천히 하나하나 오호맥의 전승자들을 찾아내었다.

"한염심공(寒炎神工)……."

그의 시선이 향한 곳에 있는 노인이 고개를 숙였다.

"청뢰적공(靑雷積工)……."

이번에는 날카로워 보이는 인상의 중년인이었다. 설혜의 시선이 마지막으로 향한 곳, 이제 열 살이나 되었을까 싶어보이는 소녀에게서 설혜의 눈이 멈췄다.

장사 접어 277

그리고는 고개를 갸우뚱해 보인다. 소녀의 화후가 너무도 낮았기에 뿜어져 나오는 기운으로 그녀가 익히고 있는 무공을 알아보기 어려웠던 것이다.

한참을 기운을 읽어내던 설혜가 말했다.

"역시 빙옥도(氷玉道)……."

소녀가 앙증맞은 모습을 취해 보이며 고개를 숙였다. 이로써 오호맥의 전승자를 모두 찾아낸 것이다.

이것은 궁주 정통의 심법을 익히지 않았으면 절대로 불가능한 일이다.

궁주의 전통 심법인 천설적공만이 민감하게 그들의 기운에 반응하여 오호맥을 찾아낼 수 있다.

설혜가 모두 찾아내자 유월이 놀란 눈을 치켜떴다.

"진정으로 천설적공법이군요."

설혜가 고개를 끄덕인다. 자운이 나서서 설혜의 어깨를 부여잡았다.

"이제 정통성을 부인할 수는 없겠지?"

그 말에 유월이 고개를 끄덕였다.

"그럼 이제 설혜가 천산설곡의 주인임을 인정하는가?"

"아니에요. 정통성은 인정하겠지만, 본 곡은 아직 설 소저를 설곡의 주인으로 인정할 수 없습니다."

그녀의 말에 자운의 미간이 꿈틀 움직였다. 허리춤의 검을 움켜쥔다.

여차하면 뽑아서 휘두를 듯한 기세가 지운의 몸에서 흘러나오고, 유월은 그런 자운의 기세를 정면으로 받아내며 힘겹게 입을 열었다.

"설곡을 설립하고 처음 저희들의 조상님께서는 궁주님의 정통성을 이은 분이 찾아올 때를 대비하여 한 가지 시험을 준비해 두었습니다."

자운이 고개를 갸웃했다.

"한 가지 시험?"

유월이 고개를 끄덕인다.

"기관장치를 마련해 두시고, 정통성을 이은 후계자가 찾아왔을 때 그 기관장치로 무력을 시험해 보라 하셨습니다."

자운이 웃었다.

"가지가지 하는구만."

그리고는 설혜를 바라본다.

"어떻게 할래? 여차하면 힘으로 다 뒤집어 버리는 수도 있는데 말이야."

주인을 시험하는 개는 필요없다는 것이 자운의 생각이었다. 하지만 설혜의 생각은 자운과 달랐던 모양이다. 그녀가 유월의 말에 고개를 끄덕였다.

"할게. 기관."

장사 접어 279

자운이 중얼거렸다.

"스스로 고행 길을 걸어가는구만. 귀찮게 말이지."

하지만 그리 기분 나빠하는 표정은 아니었다. 그저 웃고 있을 뿐. 엄밀히 말하면 자운은 설곡 내부에서는 제삼자다.

과거 황룡문과 빙궁의 관계가 지극히 우호적이었던 것도 사실이지만, 그때도 내부의 문제에는 개입할 수 없었다.

설혜의 말에 유월이 웃었다.

"과연 빙궁의 정통성을 이으신 분이십니다. 기관을 준비해야 하니 하루 정도 푹 쉬면서 기다려 주시지요."

유월이 사람을 불러 자운과 설혜를 설곡 내부로 안내했고, 자운이 피식피식 웃음을 흘리며 그들을 따라 움직였다.

구그그긍—

육중한 철문이 열리었다. 설곡 양쪽으로 나 있는 거대한 절벽. 그 아래에 기관으로 통하는 입구가 있었고, 날이 밝는 대로 설혜는 다른 이들과 함께 그 앞으로 가서 섰다.

설혜가 기관으로 들어서기 전, 뒤를 슬쩍 돌아본다.

그녀의 시선이 향하는 곳에는 자운이 서 있었다.

자운이 그녀를 향해 빙긋 웃으며 손을 흔들어주었다.

그가 그녀에게 전음을 보낸다.

[설곡에 있을 테니 안심하고 기다리라고.]

자운의 전음이 전해진 것인지 그녀가 각오를 다지고 차가운 얼굴을 더욱 차갑게 한 채로 기관진시 내부로 들어간다.

어둠 속으로 설혜의 모습이 완전히 사라지고, 곧 문이 큰 소리를 내며 닫히었다.

그그그그궁―

저 속에서 무슨 일이 일어나는지 자운으로서는 절대로 알 리가 없다.

한 가지 확실한 것은 설곡을 만든 이들이 곡주의 자격을 시험하기 위해 만들었다는 곳이니 쉽지만은 않으리라는 점이다.

자운이 문이 닫히는 것을 확인한 후에 고개를 돌렸다.

'뭐, 잘하겠지.'

第十一章 빌어먹을 안녕 같은 지랄이라니

황룡난신

　기관 내부로 들어간 설혜를 처음으로 반긴 것은 어둠이었고, 뒤이어 엄습한 것은 얼어 죽을 듯한 한기였다.
　빙공을 익힌 자가 한기를 느낀다?
　어지간한 한기라면 설혜는 절대로 느끼지 않을 것이다. 하지만 이 진 안에서 느껴지는 기운은 설혜마저도 한기를 느낄 정도로 강했다.
　기기깅―
　어디선가 기관 울리는 소리가 들려와 설혜의 귀를 자극했다.

그녀가 전방을 주시했다. 그리고는 내공을 움직여 기감을 넓게 펼쳤다.

설혜의 기감이 주변을 장악하고, 무언가가 움직이는 기척을 잡아내었다.

'온다.'

설혜가 허리춤에서 검을 뽑았다.

그와 동시에 거대한 도끼가 날아온다. 설혜가 검을 들어 도끼를 막았다. 육중한 충격이 검을 타고 손으로 엄습했으나 버티지 못할 정도는 아니었다.

하지만 설혜의 미간은 놀란듯 꿈틀하고 움직였다. 도끼에서 느껴지는 거대한 힘 때문에 놀란것은 아니었다.

설혜가 놀란 것은 전혀 다른 이유, 거대한 도끼에서 설혜 그녀 자신과 비교해도 밀리지 않을 듯한 엄청난 한기가 느껴진 것이다.

찌릿찌릿—

한기가 예민한 감각을 타고 내부로 들어왔다. 그에 대응하기 위해서 설혜 역시 천설적공으로 쌓은 내공을 움직였다.

밀폐된 기간 내부에서 바람이 불었다. 불어온 바람이 사방을 휩쓸고 눈가루가 휘날린다.

휘날리는 눈가루 속에서 설혜의 검이 푸른색으로 빛이 났다.

검강(劍罡).

얼음과 같이 차가운 불꽃이 검 위에서 타올랐다. 베지 못할 것이 없으며 막을 수 있는 것은 같은 검강뿐이다.

설혜가 눈앞의 도끼를 쪼개어 버릴 기세로 검을 휘둘렀다.

그에 대응해서 도끼가 마치 추와 같이 뒤로 밀려났다 단번에 설혜를 향해 날아온다.

이번에는 그 수가 하나가 아니었다.

세 개의 도끼가 설혜를 삼분해 버릴 듯 날아들었다.

설혜는 자신의 검강이 도끼들을 쪼개어 버릴 것이라 확신했다.

그리고 유려하게 검을 휘두른다.

투캉—

하지만 설혜의 생각과는 달리 자신이 검에 밀어 넣은 내력과 정확하게 같은 양의 반발력이 튕겨져 올라왔다.

그녀가 대경실색하며 황급하게 고개를 숙였다.

머리 위로 나머지 두 개의 도끼가 지나간다. 한순간만 늦게 반응했더라도 몸이 두 쪽으로 갈라졌을 것이다.

설혜의 눈이 침착해졌다. 곧 지나간 도끼가 돌아올 것이다.

쐐애액—

아니나 다를까, 뒤로 간 도끼가 돌아오는 소리가 들린다.

설혜는 이전보다 훨씬 많은 양의 내력을 집어넣었다. 그리고 뛰어오르며 검을 연달아 뿌렸다. 검과 도끼가 충돌한다.

쾅— 쾅—

기이한 일이다.

이번에도 도끼는 잠시 흔들렸을 뿐 베이지 않는다. 동시에 검에 들어간 것과 정확하게 일치하는 반발력이 설혜에게로 몰려왔다.

설혜가 놀라며 도끼를 바라보았다. 도끼에도 푸르스름한 기운이 맺혀 있고, 그 형이 뚜렷하게 날을 따라 타오르고 있었다.

설혜가 자신의 검을 바라보았다.

검 위에서 타오르는 검강과 기관으로 움직이는 도끼의 위에서 타오르는 기의 모습이 똑같이 일치했다.

설혜가 이를 악물었다.

'강기.'

그것은 분명한 강기였다. 어찌 기관진식으로 이루어진 장치 주제에 선명한 강기를 뿌릴 수 있는 것인가?

많은 의문이 오갔지만, 지금 그것을 생각할 시간이 없었다.

머리 위로 섬칫할 정도의 기운을 뿌리는 장치가 스치고 지나갔다.

파앗 하는 소리와 함께 그녀의 머리카락 몇 가닥이 잘려 허공중에 날리었다.

설혜가 빠르게 발을 놀려 도끼를 피해 내었다. 뒤이어 돌아오는 다른 도끼들, 검이 검막을 일으켰다.

검막과 도끼가 충돌한다.

따다다당—

한순간의 틈을 노려 설혜가 다시 한 걸음을 움직였다. 허공으로 몸을 날릴 수 있으면 좋겠지만, 위에서 오가는 기관 장치들 때문에 그것은 여의치 않다.

그렇다고 큰 기술을 사용하기도 여의치 않았다. 이곳은 한정된 공간이라 자칫하면 무너져 내릴 수가 있었기 때문이다.

결국은 작은 잔기술로 기관들을 막아내는 수밖에 없었다.

설혜가 검강을 더욱 집약시켰다.

검 위로 새하얀 빛무리가 모여들고, 주변으로 휘몰아치는 눈보라가 더욱 거세어졌다.

설혜가 끌어올린 기운에 천설적공의 내공이 반응하는 것이다.

눈보라가 휘몰아치는 사이, 도끼가 번쩍하며 설혜의 정면에서 날아들었다.

설혜가 검을 들어 그대로 도끼를 쳐낸다. 설혜의 검면을 타고 도끼가 위로 올라가고, 비껴낸 도끼의 뒤를 이어 이번에 날아든 것은 창이었다.

기다란 창이 창날을 번뜩이며 설혜를 향해 쏘아졌다.

그녀의 몸이 빙글하고 회전했다. 검끝은 창끝을 때려 진로를 바꾸고, 좌수를 움직여 창대를 움켜쥔다.

움켜쥔 창대를 설혜는 회전하는 채로 다시 쏘아보냈다.

콰직—

무언가가 부서지는 소리가 들리며 전방에서 날아오던 도끼 하나가 그대로 멀어졌다. 창과 충돌하며 한순간 방향이 뒤틀린 탓이었다.

설혜가 그 틈을 놓치지 않고 계속해서 움직였다.

틈이 생겼을 때, 빠르게 움직여야 한다.

그렇지 않으면 언제 또 수십 개의 무기가 자신을 위협할지 모르는 일이었다.

그녀가 오가는 도끼를 막아내는 동안, 설혜를 위협하는 것들의 가짓수는 더욱 많아졌다.

처음에는 도끼로 시작했을 뿐인데, 이제는 검과 도, 유성추까지 있었다.

십팔반병기를 모두 기관 속에 담아둔 듯했다. 그 수는 기백에 달할 정도라 피하고 있는 설혜가 대단하게 느껴질 정도였다.

설혜가 이를 악물었다.

이곳도 통과하지 못하면 설곡의 곡주가 될 자격이 없다는 의미다.

그녀에게 있어 설곡의 존재는 희망이었다. 자운처럼 패도적인 추진력이 있는 것도 아니어서 다 망해 버린 빙궁을 살릴 자신이 없었다.

하여 막막하게 있던 차인데, 후인들이 이렇게 문파를 세워두지 않았는가.

그녀에게 있어 이번 일은 빙궁을 재건할 수 있는 기회와도 같았다.

그녀의 얼굴에 기관에 들어온 이후 처음으로 표정이 어리었다.

독기를 품은 얼굴. 그녀의 얼굴이 샐쭉하게 변하고, 그녀의 몸에서 뿜어지는 눈보라가 더욱 강해졌다.

마치 기관 전체를 얼려 버리려는 듯한 모습. 눈보라가 몰아치고 기관이 설혜의 몸을 휩쓸었다.

그녀의 검이 분광을 일으키고 여러 개로 늘어난다.

그 검영 역시 기백. 기백에 이르는 검영과 거의 비슷한 수로 보이는 기관의 병기가 동시에 충돌했다.

쾅 하는 소리와 함께 병기들이 한순간 뒤로 물러난다.

설혜라고 멀쩡한 것은 아니었다. 온몸을 타고 들어오는 반탄력 때문에 몸을 가누기 힘들 정도다. 하지만 그녀는 쓰러지지 않았다.

두 다리로 굳건하게 땅을 딛고 서서 다음 공격을 기다렸다.

기관은 총 하나의 관문으로 이루어져 있다고 했다. 그러니 지금 이 관문만 통과한다면 일이 끝나는 것이다.

공격이 되돌아오는 틈을 타 설혜가 발을 놀렸다. 한 걸음을 움직이고, 두 걸음째 움직이려 할 때 모든 병장기들이 돌아왔다. 설혜가 다시 검영을 일으키며 눈앞에 막을 세워 올렸다.

검막이다.

강기로 펼치는 검막과 병장기들이 연달아 충돌하고, 쇳덩어리 충돌하는 소리와 함께 병장기들이 다시 뒤로 밀려났다.

그리고 다시 한 걸음을 움직이려는 순간, 또 다른 기관이 움직였다.

병장기에 이어서 이번에 터져 나온 것은 몸을 에어버릴 듯한 차가운 한기였다.

한기를 실은 바람이 예리한 칼처럼 그녀의 옷을 베고 지나간다.

부우욱—

허벅지 부분의 옷이 찢어지고, 설혜가 온몸으로 호신강기를 일으켰다.

그녀의 몸이 얼음에 휩싸인 것처럼 푸른 강기에 휩싸인다.

북해의 호신강기는 강력하다. 대성하면 그 강도는 얼마 전 자운과 싸웠던 칠적의 금강불괴에 필적한 정도였다.

하지만 일장일단이라 한 가지 치명적인 단점을 가지고 있었다. 몸을 운신하는 속도가 극도로 느려진다는 점이다.

바람이 호신강기를 두드리고, 설혜가 매우 느린 속도로 움직였다.

아직 내력의 양은 충분하다.

버티려고 한다면 충분히 더 버틸 수 있었다.

설혜가 이를 악물었다.

그리고는 허리를 단단히 지탱했다.

하단에서 끌어올린 힘이 허리를 통해 그녀의 몸 위로 뿜어진다. 바람 속에서 병장기들이 되돌아오고, 호신강기를 단단히 한 설혜가 천천히 몸을 움직였다.

그녀의 뒤를 스치고 지나가는 병기, 저것은 위험했다.

내력을 많이 사용하면 많이 사용할수록 같은 반탄력이 돌아온다.

그것은 비단 검에 국한된 것만이 아닐 것이다.

어떠한 구조로 움직이는 것인지는 알 수 없으나 호신강기와 같은 반탄력이 돌아온다면 그것은 강기를 하나마나 똑같은 것이었다.

그녀가 이를 악물고 검을 휘둘렀다. 그와 동시에 경공을 밟았다.

호신강기를 이루고 있어서인지 속도가 현저히 느려지기는 했지만, 그래도 걷는 것보다는 빨랐다.

그녀의 검에 연신 충격이 가해지고, 그녀가 조금씩 앞으로 나아갔다.

이를 악물고 나아가는 설혜.

설혜의 두 눈이 반짝이고 있었다.

'버텨내겠어.'

* * *

설혜를 기관 안으로 들여보낸 후 자운은 천산을 이 잡듯 뒤지고 있었다. 본래 천산이라고 하면 이야기 속 영물이 꼭 한 마리는 살고 있는 곳이다.

자운이 찾는 것은 그것이다.

'사람이 이백 년을 살았는데, 동물이라고 이백 년을 못 살겠어.'

사실 자운이라고 큰 기대를 바라는 것은 아니었다. 자운이 천천히 고개를 돌렸다.

영물이 쉬이 발견되는 것은 아니다. 본래 영물은 거대한 굴 같은 곳에서 웅크리고 있다.

'영물이 안 된다면 영초라도 상관없는데……'

자운이 입맛을 다셨다. 사실 자운이 영물과 영초를 찾는 이유는 자신이 먹기 위함이 아니다.

이미 자운의 내공은 솟아나는 샘물과 같아 절대고수들과 드잡이라도 하지 않는 한은 바닥날 일이 없다.

자운은 운산과 우천에게 먹이기 위해 영물의 내단이나 영초를 필요로 하는 것이다.

본래 이렇게 차가운 지대에 사는 영물 혹은 영초는 딱 두 가지다. 그 주변의 지기를 흡수하여 같은 냉기를 띠든지, 그렇지 않으면 이 속에서 살아남기 위해 화기를 띠든지.

자운이 찾고 있는 것은 화기를 띠는 영물 혹은 영초였다.

황룡문의 무공은 기본적으로 열양지기를 근간으로 한다.

그렇기에 화기를 포함한 영물의 내단 혹은 영초는 내공 증진에 많은 도움이 될 것이 분명했다.

자운의 고개가 이리저리 움직였다.

눈에 내공을 집중하여 멀리까지 내다본다.

하나 보이는 것은 새하얀 눈이 뒤덮인 대지뿐, 자운이 혀를 찼다.

"안 보이네."

허공을 나는 이름 모를 새 몇 마리가 자운의 머리 위를 맴돌았다.

먹을 것이 적은 천산에서 살아남기 위해서는 죽은 동물을 먹어야 한다.

놈들은 자운이 평범한 사람인 줄 알고, 천산의 기운을 견디지 못해 동사하기만을 기다리고 있는 것이다.

자운이 놈들을 향해 주먹을 치켜들고 휘둘렀다.

"안 죽어, 이 새대가리들아. 그러니까 꺼져!"

영물, 영초도 안 보이는데 괜히 이상한 놈들이 따라 붙으니 기분이 상했던 것이다.

자운이 이리저리 움직였다. 역시 영물과 영초라는 것은 운이 하늘에 닿은 사람만이 발견할 수 있다는 이야기가 그리 틀린 것만은 아닌 모양이다.

자운이 퉤 하고 침을 뱉었다.

설혜가 기관 속으로 들어간 지 어언 한 시진이 넘게 흘렀다. 자운이 영물과 영초를 찾아서 천산을 돌아다니기 시작한 것도 한 시진 정도 되었다는 이야기다.

'잘하고 있으려나 모르겠다.'

애초에 한 시진 뒤져서 영물과 영초를 찾는 것이 조금 웃긴 생각이긴 하지만, 나름대로 찾아도 안 보인다고 정리를 한 자운이 근처의 바위 위에 털썩 주저앉았다.

오다 보니 설곡에서 꽤 밀리 떨어진 곳까지 오고 말았다. 눈에 반사된 햇살이 자운의 얼굴을 때리고, 그 눈부심에 자운이 눈을 살짝 감았다 떴다.

"이런 곳에 사니까 얼굴이 타는 거지."

이백 년에 가까운 시간을 동굴 속에만 있었던 자운의 얼굴은 탈색이라도 된 듯 매우 희다. 이제 조금 혈기가 돌고는 있지만, 아직 살색보다는 흰색에 가까운 편이다.

그런 자운이 자신의 얼굴색과 천산에 사는 사람들의 얼굴색을 대조해 보고는 뒤에 있는 이름 모를 침엽수에 몸을 기대었다.

이곳은 천산에 있는 봉우리 중 하나. 무공을 익힌 사람도 오르기가 힘들 정도이니 일반인들이 절대로 올라올 수 있는 곳이 아니었다.

자운이 몸을 기대고, 그 순간 침엽수가 흔들린다.

"뭐야?"

자운이 기대었던 허리를 떼고는 침엽수를 천천히 살폈다.

딱히 무언가가 있지는 않은데, 침엽수가 한순간 흔들렸다.

자운이 침엽수를 슬쩍 눌렀다.

"어라?"

침엽수가 밀려난다. 자운의 눈이 반짝하고 뜨였다.

"이거 혹시 말로만 듣던 전대 기인이 만들어둔 장치?"

거기까지 상상하자 기분이 괜히 좋아진 자운이 희희낙락하며 침엽수를 밀었다.

힘을 줘서 밀자 침엽수가 쑤욱 밀리고, 곧 기관이 작동될 것을 믿어 의심치 않는 자운의 귀로 무언가가 움직이는 소리가 들려왔다.

구그그그긍—

"그럼 그렇지. 이렇게 되어야 똑바로 된 전개지. 역시 옛말에 틀린 이야기 하나 없다더니, 고수가 되려면 절벽에서 떨어지거나 천산에서 구르는 수밖에 없다니까."

언젠가 읽었던 이야기책을 떠올리며 자운이 웃었다.

그 순간, 자운이 앉아 있던 바위가 아래로 쑤욱 꺼진다.

"뭐야, 시발?"

자운의 몸 역시 아래로 뚝 떨어져 내렸다. 깊이가 보이지 않을 정도의 아래. 기관이 이렇게 발동되는 것을 바랐던 것은 아니다.

자운이 두 발에 힘을 주고는 떨어지는 충격에 단단히 대비했다.

'빌어먹을 바위가, 아래로 꺼질 거면 좀 그럴 거라고 알려나 주든가.'

자운이 괜히 이 기관을 만든 사람을 욕했다.

점차 바닥이 보인다.

새하얀 털이라도 깔아둔 듯한 바닥. 자운이 바닥인 것을 대비하고 더욱 힘을 주었다.

그런데 바닥이 좀 이상하다.

"새하얀 털?"

생각하는 순간, 자운의 발이 그곳에 떨어져 내렸다.

쾅—

무언가 터지는 소리와 함께 바닥이 출렁하며 자운이 튕겨져 나왔다.

그리고는 그 바닥의 아래로 떨어져 내린다.

"바닥이 아니었어?"

자운이 당황한 얼굴로 전면을 살폈다. 무언가가 으르렁거리는 소리가 들린다.

"시발?"

고개를 들어 확인하자 곰도 아니고 뱀도 아닌 요상한 생물이 자운을 노려보고 있다. 자운이 놈을 향해 어색하게 웃었다.

"안녕?"

그런 영물의 뒤로 무언가 새하얀 것이 세차게 회전하고 있었다.

무엇인지는 알 수 없으나, 적지 않은 기운을 뿜어내고 있는 것이 분명했다. 예측하건대 이렇게 차가운 지대에서만 생긴다는 영약의 일종이 틀림없다.

하지만 지금 문제는, 눈앞에 있는 이 거대한 곰이었다.

으르렁거리는 곰을 한 번 바라본 자운은 부러진 자신의 왼팔을 바라보았다. 칠적과의 싸움에서 부러진 팔, 아마도 쓸 수 없을 것이다.

자운이 작게 욕했다.

"빌어먹을 안녕 같은 지랄이라니."

* * *

"이제 반년도 안 남았지?"

적성의 주인인 일성이 키득키득 웃으며 아래에 부복하고 있는 일적에게 말했다.

일성은 웃고 있으나, 감히 일적으로서는 웃을 수 없다. 방금 전 칠적이 죽었다는 비보가 전해진 탓이다.

일성은 계속해서 키득거리며 웃는다. 아마도 일적에게 답을 요구하는 모양. 일적이 고개를 숙인 채로 씁쓸하게 웃었다.

"예. 이제 그 정도 남았습니다."

"그렇지. 내가 완전해지기까지 반년도 안 남았다는 말이지."

일성이 익히고 있는 무공, 그것은 감히 사람의 힘만으로 대성할 수 있는 무공이 아니었다. 하늘의 흉성이라는 붉은 별의 도움을 받아야만 이를 수 있는 것이 바로 일성이 익히고 있는 무공이었다.

지금 일성의 경지는 십일성. 이제 붉은 별이 환하게 빛나는 날, 그 힘을 받는다면 십이성으로 대성에 다다르게 될 것이다.

완전무결해진 힘을 얻게 되는 것이 기뻤는지 일성이 키득거리며 웃었다.

그리고 한순간, 그의 웃음이 뚝 멈춘다.

동시에 주변으로 차가운 기류가 흘렀다. 물에 푸욱 적셔진 솜마냥 공기가 무겁게 내려서고, 적성이 숙인 고개를 더욱 아래로 숙였다.

"일적, 고개를 들어봐."

일성의 말에 일적이 고개를 들었다. 그리 좋아 보이지는 않는 표정. 그 표정을 보고 일성이 말했다.

"나는 지금 일적이 웃고 있는지 인상을 쓰고 있는 건지 구별이 안 돼."

사람의 표정을 구별하지 못하는 것만이 아니다. 타인의

감정을 이해하지 못하고, 사람의 목숨을 개미 목숨처럼 안다.

달리 말하기는 일종의 정신병이라고도 하며, 내두불감(內頭不感, 精神病患者:정신병, 사이코패스)이라고도 한다.

적성의 무공은 본래 평범한 이들로서는 절대로 이루지 못할 무공이었다. 내두불감, 그중에서도 가장 천살(天殺)에 가까운 이만이 이룰 수 있는 경지였다.

그리고 일성은 이루어내었다.

"칠적이 죽었다 들었어."

일적은 아무런 말도 하지 않았다.

"놈의 손에 벌써 둘이나 죽은 거야. 그쪽은 오적의 구역으로 알고 있는데, 오적은 뭘 하고 있는 거지?"

"매화검선과의 전투 이후 내상을 치료하고 있다고 합니다."

그 말에 일성이 웃었다.

"그래? 그럼 오적이 완치하는 대로 삼적을 움직여."

그 말에 일적이 놀라 눈을 치켜떴다.

"사황성을 말입니까?"

일성이 고개를 끄덕이며 웃는다.

"응. 황룡문, 거슬려."

일성이 계속해서 키득거렸다.

"그러니까 지워 버려."

사황성주 갈무혁, 그는 칠석의 세 번째 좌(座)인 삼적이었다. 그리고 곧 일성의 명에 따라 사황성의 모든 전력과 두 명의 적(赤)이 황룡문을 향해 움직일 것이다.

『황룡난신』 제4권에 계속…

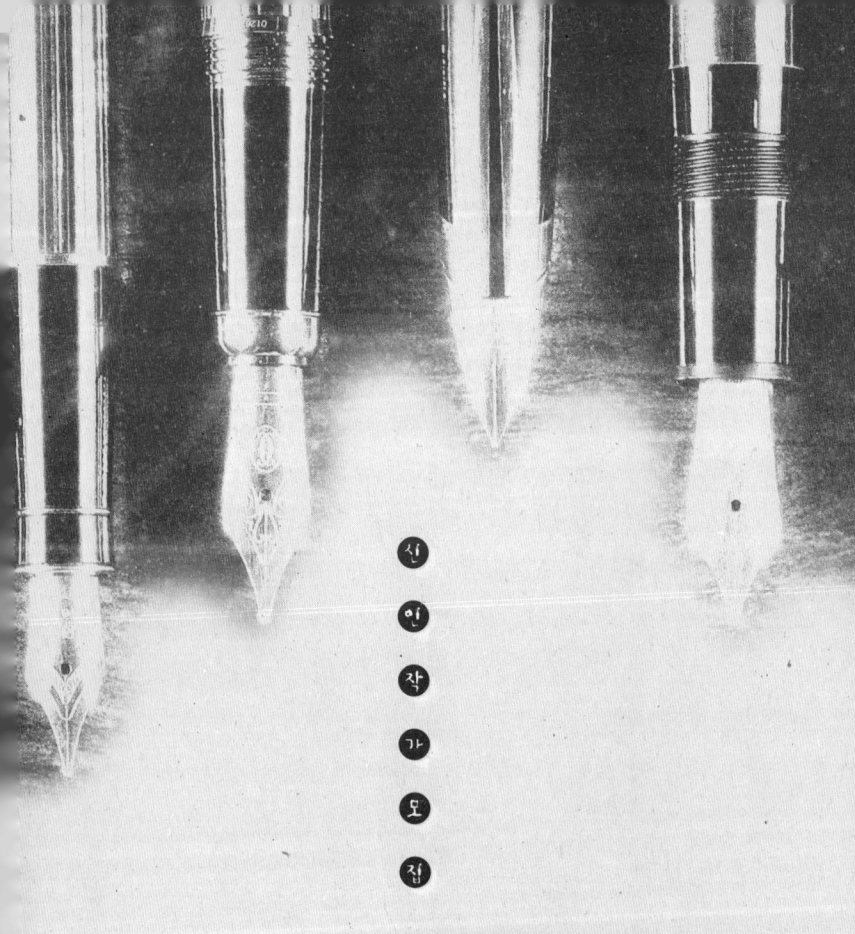

노도행(怒濤行)

천애협로

촌부 新무협 판타지 소설
FANTASTIC ORIENTAL HEROES

『우화등선』, 『화공도담』의 뒤를 잇는
작가 촌부의 또 하나의 도가 무협!

무림맹주(武林盟主), 아미파(峨嵋派) 장문인(掌門人),
군문제일검(軍門第一劍), 남궁세가(南宮勢家)의 안주인.

그들을 키워낸 어머니-
진무신모(眞武神母) 유월향(柳月香)!

어느 날, 그녀가 실종되는데…….

"하, 할머니는 누구세요?"

무한삼진의 고아, 소량(少雨)에게 찾아온 기이한 인연.

세상과 함께 호흡을 나눌 수 있다면[天地同息]
천하의 이치를 모두 얻으리라[天下之理得]!

이제, 천하제일인과 그녀가 길러낸
마지막 자손의 이야기가 펼쳐진다!

Book Publishing CHUNGEORAM
WWW.chungeoram.com

SWORD SLAYER

소드 슬레이어

류연 판타지 장편 소설

FANTASY FRONTIER SPIRIT

그날로 돌아간 그 순간부터 입버릇처럼 붙은 한마디.
"생각해라, 아서 란펠지."

귀족 반란에 휘말린 채 죽어야 했던 기사, 아서 란펠지.
600년 전 마룡 카브라로 인해 봉인당한 세 용사의 영혼.
버려진 이름없는 신전에서 그들이 만났을 때
운명은 또 다른 전설의 서막을 알렸다!

소드 슬레이어!

힘없이 죽어간 모든 인연들을 위하여
무력하고 허망했던 어제를 딛고
멈추지 않는 오늘을 달려 내일을 잡아라!

**위선에 가득찬 검들을 향해
여섯 번째 마나 소드, 에스카룬의 검이 질주한다!**

Book Publishing CHUNGEORAM

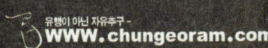
WWW.chungeoram.com

홀로선별 판타지 상편.소설

DEMON
FANTASY FRONTIER SPIRIT

제일좌

BLOOD

성마대전, 그로부터 20년…
암흑은 스러지고 빛이 찾아왔다.
세상은… 그렇게 평화로워질 것만 같았다.

전설의 블랙 울프를 다루는 영악한 소년 마로,
하루하루 강도 높은 훈련을 받으며
숙연의 500골드를 달성한 그날!
세상은, 신성(新星)을 맞이한다!

『기적』의 뒤를 잇는
홀로선별 작가의 또다른 이야기
『제일좌』

**어둠을 뚫고 솟을 빛이여,
하늘의 제일좌가 되어라!**

Book Publishing CHUNGEORAM

유행이 아닌 자유추구
WWW.chungeoram.com

2011년 대미를 장식할
준.비.된. 작가 정민교의 신무협이 온다!
『낭인무사(浪人武士)』

"죄수 번호 사천이백삼, 담운!"
"……!"
"출옥이다."

만두 하나.
고작 그 하나에 이십 년 옥살이를 한 소년, 담운.
그 답답하고 억울한 마음을 풀어낸다!

무림맹! 구대문파! 명문세가!
겉만 번지르르한 놈들은 다 사라져라!
겉과 속이 다른 너희들을 심판하러 내가 왔다!

Book Publishing CHUNGEORAM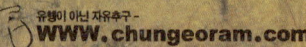